Thomas Brezina · Der Bumerang des Bösen

DIE KNICKERBOCKER BANDE

D1993708

Hallo Detektive,
hier mein ganz persönlicher Steckbrief!

Name: Thomas Brezina (meine Freunde dürfen mich auch Brezl nennen)
Größe: 1,76 m
Gewicht: 60 kg (schwankt …)
Haarfarbe: dunkelbraun
Augenfarbe: braun

BESONDERE KENNZEICHEN:
Ich habe einen Bart und sammle verrückte und coole Uhren. Eine davon zeigt mir immer an, wie viel Uhr es dort ist, wo die Knickerbocker-Bande gerade einen Fall löst.

MEINE ERINNERUNGEN AN DIE SCHULE:
Ich habe in der Schule gern Zeichnen, Englisch und Mathematik gehabt. Gehasst habe ich Latein und – Überraschung – auch Deutsch. Mein Lehrer hat immer nur Rechtschreibfehler gesucht, deshalb ist mir die Freude am Schreiben verloren gegangen.

MEINE LIEBLINGSBESCHÄFTIGUNGEN:
Schreiben, Reisen, Musicals, Kino, TV, Lesen, mit meinem Hund Daffi spazieren gehen, Schwimmen und natürlich schwierige Kriminalfälle lösen!

MEIN LIEBLINGSESSEN:
Am allerliebsten esse ich Sushi. Das ist roher Fisch auf Reisbällchen und schmeckt bedeutend besser, als es klingt.

MEIN GEBURTSDATUM:
Ich bin Wassermann und am 10. Tag dieses Sternzeichens geboren. Kombiniert: Wann ist mein Geburtstag?

MEINE KNICKERBOCKER-KRIMIS:
Sie fallen mir beim Duschen, Spazierengehen, mitten in der Nacht, im Flugzeug oder an sonstigen ungewöhnlichen Orten ein.

MEINE BERUFSWÜNSCHE:
Ich wäre gern Detektiv geworden. Aber ich fürchte, dazu hatte ich damals nicht genug Mut und Ausdauer. Und jetzt kann ich mir keinen anderen Beruf vorstellen als den, für euch spannende Geschichten zu schreiben.

Wenn ihr noch Fragen habt: www.thomasbrezina.com

Thomas Brezina

DIE KNICKERBOCKER BANDE®

DER BUMERANG DES BÖSEN

Abenteuer in Australien

Abenteuer Nr. 31

Mit Illustrationen von
Atelier Bauch-Kiesel

Ravensburger Buchverlag

LILO

DOMINIK

AXEL
POPPI

Als Ravensburger Taschenbuch
Band 6230
erschienen 2001
© 2001 Ravensburger Buchverlag Otto Maier GmbH

Erstmals erschienen 1994
bei der hpt-Verlagsgesellschaft m.b.H. & Co. KG, Wien

Umschlagillustration: Ferenc B. Regös

Alle Rechte vorbehalten durch
Ravensburger Buchverlag

Printed in Germany

Die Schreibweise entspricht den Regeln
der neuen Rechtschreibung

1 2 3 4 5 05 04 03 02 01

ISBN 3-473-56230-0

www.ravensburger.de/buchverlag

Inhalt

DIE KNICKERBOCKER-BANDE

NAME: Axel Klingmeier
SPITZNAME: früher Schrumpfkopf und Gnomi
ALTER: fast 14 Jahre
STERNZEICHEN: Steinbock
COOL FINDE ICH: Sport
TOTAL UNCOOL: Langweiler, Oberlehrer, Wichtigtuer
LIEBLINGSSPEISE: alles
BESONDERE KENNZEICHEN:
Bin früher oft verspottet worden, weil ich klein bin. Heute traut sich das keiner mehr.

NAME: Lieselotte (Lilo) Schroll
SPITZNAME: Superhirn
ALTER: fast 14 Jahre
STERNZEICHEN: Krebs
COOL FINDE ICH: Skifahren, Rafting, Krimis, starke Ideen und Mut
TOTAL UNCOOL: Feiglinge; Leute, die nicht lachen können; Trauerklöße
LIEBLINGSSPEISE: Chinesisches Essen
BESONDERE KENNZEICHEN: Habe zwei blonde Zöpfe, auf die ich besonders stolz bin.

NAME: Paula Monowitsch
SPITZNAME: Poppi (Paula finde ich einen Horrornamen)
ALTER: fast 10 Jahre
STERNZEICHEN: Fische
COOL FINDE ICH: meine Tiere, Tierschutz-Organisationen, Poster
TOTAL UNCOOL: Tierquäler; Leute, die behaupten, nie Angst zu haben
LIEBLINGSSPEISE: Fruchtsalat und Melonen, aber kein Fleisch
BESONDERE KENNZEICHEN: Ich besitze einen Minizoo mit zwei Hunden, einem Papagei, drei Katzen, Kaninchen, Goldfischen, Ratten und einem Weihnachtskarpfen, den ich vor der Pfanne gerettet habe.

NAME: Dominik Kascha
SPITZNAME: (verrate ich nicht)
ALTER: fast 11 Jahre
STERNZEICHEN: Waage
COOL FINDE ICH: Lesen, Rätsel, Leute mit Durchblick
TOTAL UNCOOL: Quatschköpfe, erhobene Zeigefinger, strenge Erwachsene
LIEBLINGSSPEISE: Spaghetti
BESONDERE KENNZEICHEN: Meine Eltern sind Schauspieler, und auch ich stehe bereits auf der Bühne und vor der Filmkamera.

DER NAME KNICKERBOCKER-BANDE ENTSTAND ...

- als Axel, Lilo, Poppi und Dominik von Lord Conrad of Knickerbocker ausgezeichnet wurden, weil sie seinen entlaufenen Mops gefunden hatten,
- ***als Axel einen Weltrekord aufstellte und in 22 Knickerbocker-Hosen in nur 30 Sekunden Löcher gebissen hatte,***
- als Poppis Papagei zum ersten Mal ein Wort von sich gab und es sich nach „Knickerbocker" anhörte,
- ***als die vier den Zeichenwettbewerb einer Lederhosenfirma gewannen und einander bei der Preisverleihung kennen lernten,***
- als Dominik der jüngste Student an der Knickerbocker-Universität wurde,
- ***als Lieselotte endlich das Rätsel der jodelnden Knickerbocker-Hosen gelöst hatte,***
- als Axel, Lilo, Poppi und Dominik sieben entsprungene Knickerbocker-Hosen wieder eingefangen haben,
- ***als der Song „Knickerbocker Kiss" in der Hitparade auf Platz 1 landete.***

Richtige Erklärung bitte ankreuzen. Die Lösung steht auf *Seite 144.*

Betreten strengstens verboten!

„Verdächtig, sehr verdächtig!", sagte Lieselotte nachdenklich und knetete heftig ihre Nasenspitze – ein Zeichen dafür, dass das Superhirn der Knickerbocker-Bande angestrengt grübelte.

Poppi grinste. „Du spinnst wirklich. Du siehst schon überall Gauner und Ganoven. Bestimmt wird dir demnächst der Verdacht kommen, dass sogar Kängurus in ihren Beuteln Geheimbotschaften schmuggeln!"

Axel und Dominik brachen in schallendes Gelächter aus. Doch das hätten sie besser nicht tun sollen. Die vier Kängurus, die sich vor ihnen auf der weiten Ebene tummelten, erschraken und flüchteten mit großen Sprüngen.

„Jetzt habt ihr sie verscheucht!", schimpfte Poppi.

„Ich kann keine Kängurus mehr sehen!", stöhnte Axel. „Außerdem finde ich das ewige Beobachten stinklangweilig!"

„Ich wette, in dieser Scheune steckt ein Geheimnis!", überlegte Lilo laut.

„Wie kommst du denn darauf?", fragte Dominik. „Was soll an diesem windschiefen Holzhaus schon Besonderes sein?"

Lieselotte konnte ihm das genau erklären: „Erstens: Wozu braucht eine Scheune eine Solaranlage auf dem Dach? Diese Anlagen werden zur Bereitung von Warmwasser verwendet – aber wer duscht in einer Scheune? Zweitens: Wozu sind die drei großen Windräder gut? Hier im Busch wird damit Strom erzeugt – aber wozu wird in der Scheune Elektrizität benötigt? Und drittens: Weshalb ist das Gebäude von einem hohen Stacheldrahtzaun umgeben? Das bedeutet doch eindeutig: Es gibt etwas, das geschützt werden muss!“

„Oder das nicht für aller Augen bestimmt ist!“, ergänzte Axel.

Lilo nickte. „Genau! Arthur stammelte auch nur verlegen, als ich ihn fragte, was sich in diesem Holzschuppen befindet.“

Jetzt war auch die Neugier der übrigen Mitglieder der Bande geweckt.

Poppi ahnte, was ihre Freundin vorhatte. „Du willst also über den Zaun klettern und die Scheune unter die Lupe nehmen!“

Abermals nickte Lieselotte. „Wer kommt mit?“

Axel und Dominik hoben die Hände. Zögernd schloss sich Poppi an.

Die vier Juniordetektive verließen ihr Versteck hinter den Büschen und überquerten die ausgetrocknete rote Erde, die tiefe, breite Risse hatte. Nur an einigen Flecken bohrte sich strohiges, hartes Gras an die Oberfläche. Auf einem kleinen Hügel, etwas verdeckt durch eine Gruppe dürrer Bäume, lag das Gebäude, auf das sie zusteuerten.

„He ... seht nur ... der Zaun ist an den Pfosten mit Porzellanhalterungen befestigt“, bemerkte Axel. „Das bedeutet, er steht unter Strom!“ Seine Vermutung wurde ein Stück weiter bestätigt. Einige verwitterte Metallschilder warnten: „Gefahr! Betreten strengstens verboten! Starkstromzaun!“

„Das wird ja immer wilder!“, murmelte Lieselotte. Poppi ging einige Schritte zurück. „Anfassen kann lebensgefährlich sein!“ Dominik winkte ab. „Keine Panik, Freunde! Vorhin hat eines der Kängurus den Zaun gestreift und es ist ihm nichts geschehen.“

Die anderen drei wollten ihm nicht so recht glauben. Sicherheitshalber umrundeten sie das abgezäunte Stück Land und untersuchten den ungefähr vier Meter hohen Zaun genauer.

„Entwarnung!“, rief Axel und zeigte auf ein loses Kabel, das im Inneren des Grundstücks aus der Erde ragte.

Es handelte sich zweifellos um die Stromleitung zum Zaun, doch jetzt war der Kontakt unterbrochen. Der Knickerbocker holte tief Luft und streckte eine Hand aus. Zentimeter für Zentimeter näherten sich seine Fingerspitzen den Drahtmaschen.

„Nicht, Axel, vielleicht gibt es noch eine andere Zuleitung!“, rief Dominik.

Doch Axel hörte nicht auf ihn. Der Zaun schien ihn wie ein Magnet anzuziehen. Schließlich berührte er ihn und atmete erleichtert auf. „Keine Gefahr!“, sagte er zu den anderen und wischte sich den Angstschweiß von der Stirn. Es war irgendwie merkwürdig. Er hatte gerade etwas äußerst Leichtsinniges gemacht. Normalerweise tat er das nicht. Aber in seinem Kopf war auf einmal der unbändige Wunsch aufgetaucht, den Zaun anzufassen.

Axel schüttelte sich, um das seltsame Gefühl aus seinem Hirn zu vertreiben. Er bedeutete den anderen mitzukommen und schwang sich auf das Gitter. Geschickt kletterte er bis zur oberen Kante und schob sich vorsichtig unter dem darüber gespannten Stacheldraht durch. Der Rest der Bande tat es ihm nach. Zum Glück zählten die vier nicht zu den Dicksten und Größten, sonst wären sie sicher hängen geblieben.

Lilo, Poppi, Dominik und Axel begannen mit dem Abstieg und landeten schließlich auf dem Boden. Nur das leise Säuseln des Windes war zu hören. Aus der Scheune drang kein Laut. Es herrschte eine Furcht einflößende Stille. „Kommt ... wir gehen näher hin!“, forderte Lieselotte ihre Freunde auf.

Aber die drei anderen blieben wie angewurzelt stehen. Was war das? Wieso begann sich in ihnen plötzlich ein schauriges Gefühl breit zu machen? Es war eine Mischung aus Angst und Bedrohung, die ihren ganzen Körper erfüllte. Dominik hatte den Eindruck, dass er sich nur noch in Zeitlupe bewegen konnte. Er schien auf- und niederzuschweben. Poppi spürte, wie sich ihre Arme und Beine in eine seltsam weiche, schlabbrige Gummimasse verwandelten. Axel und Lieselotte kniffen immer wieder die Augen zusammen und versuchten klare Gedanken zu fassen. Aber es gelang ihnen nicht. Ihre Köpfe waren wie leer gepustet.

Als Dominik versuchte, den Mund zu öffnen, brachte er kaum ein Wort heraus. Er lallte – seine Zunge war wie gelähmt. „Waaaa ... is ... as?“, war das Einzige, was über seine Lippen kam. Der Junge drehte sich verzweifelt zu seinen Freunden um. Was er sah, ließ ihn vor Entsetzen die Augen weit aufreißen.

Einen Steinwurf von ihm entfernt stand Poppi. Sie hielt ein langes, scharfes, spitzes Fleischhauermesser in ihren Händen und hob es über den Kopf, als wollte sie zustoßen. Dazu brüllte und schrie sie. Wie unter Schock drehte sich Dominik in die andere Richtung. Dort stand Axel. Auch er war plötzlich bewaffnet und

hatte eine Pistole auf ihn gerichtet. Dominik hob die Arme zum Zeichen, dass er sich ergab. Wieder versuchte er etwas zu sagen, aber es war ihm unmöglich.

Die Schrecken nahmen kein Ende. Lieselotte starrte fassungslos auf Dominik, der plötzlich zwei Säbel in den Händen hielt und damit drohend klirrte. Er schien auf Axel losgehen zu wollen. Wie Betrunkene torkelten sie durch die Gegend und gingen schreiend aufeinander los. Freunde waren zu gefährlichen Feinden geworden, die offensichtlich vor nichts zurückschreckten.

Hinter ihnen barst das Holz der Scheune, und ein tonnenschwerer Panzer donnerte heraus. Der Koloss rollte unaufhaltsam und alles niederwalzend auf sie zu. Fliehen war unmöglich, denn die Höllenmaschine wurde von Sekunde zu Sekunde breiter und breiter und streifte bald links, bald rechts den Zaun.

Die Knickerbocker-Bande sollte überfahren werden, weil sie sich auf verbotenes Gebiet gewagt hatte.

Unsichtbare Kräfte?

Die Welt drehte sich für die Knickerbocker nur noch mit halber Geschwindigkeit. Das Säuseln des Windes war zu einem tiefen Brummen geworden. Der Panzer dröhnte bedrohlich. Staubwolken quollen auf, Trümmer flogen durch die Luft – alles geschah wie in Zeitlupe.

Die Köpfe der Juniordetektive waren wie gelähmt. Die Gedanken standen still. Trotzdem meldeten sich ihre inneren Warnsysteme und gaben den Armen und Beinen Befehle, was zu tun war. „Umdrehen und fliehen! Zurückklettern über den Zaun!“, lautete das Kommando. Axel, Lilo, Poppi und Dominik bewegten sich auf das Maschengitter zu, kletterten daran empor, zerkratzten sich die Haut an den spitzen Dornen des Stacheldrahts und plumpsten außerhalb des abgesperrten Geländes unsanft auf die harte Erde.

Aus! Der Albtraum war vorbei. Alles war wieder wie wenige Minuten zuvor. Es dauerte eine Weile, bis die vier Freunde sich gesammelt hatten. Wo war der Panzer? Die Scheune stand noch immer unversehrt am selben Platz. Die vier sahen einander fassungslos an, als ihnen die entsetzlichen Augenblicke, die sie gerade durchlebt hatten, noch einmal ins Bewusstsein kamen. „Wieso ... hast du plötzlich ein Messer in der Hand gehabt, Poppi?“, fragte Dominik schließlich. Das Mädchen wusste von nichts. „Du hast zwei Säbel geschwungen, Dominik“, sagte Lilo. „Und ein Panzer ... ein riesiger Panzer ist auf uns zugefahren!“, rief Axel und fügte gleich darauf hinzu: „Das heißt … also ich … ich habe mir das wohl nur eingebildet … Aber ich hab keine Ahnung warum …“

Lieselotte war ausnahmsweise auch einmal ratlos. „Hinter dem Zaun hat uns ein Albtraum überwältigt. Aber es war nur ein Traum, den man mit offenen Augen träumt. Nichts von dem, was wir erlebt haben, war wahr. Wie konnte das geschehen?“

Allgemeines Schulterzucken. „Wir müssen unbekannten unsichtbaren Kräften zum Opfer gefallen sein!“, sagte Dominik.

Die drei anderen verzogen die Gesichter. Dominiks komplizierte Ausdrucksweise ging ihnen manchmal sehr auf die Nerven, vor allem in einer angespannten Lage wie dieser. Die vier Knickerbocker spürten, dass der kurze Aufenthalt auf der anderen Seite des Zaunes sie völlig geschafft hatte. Sie waren schlapp wie nach einem 10-Kilometer-Lauf.

Lieselotte knabberte vor Aufregung an ihren Zopfspitzen und zwirbelte gleichzeitig die Nasenspitze, aber es half alles nichts. „Ich will unbedingt wissen, was in dieser Scheune steckt!“, sagte sie.

„Mir ist die Lust vergangen!“, knurrte Axel. „Ich … ich will zurück zur Farm.“ Und als er aufstand, fügte er wütend hinzu: „Verdammtes Australien! Ich will nach Hause. Diese Öde geht mir auf den Geist!“

Irgendwie kamen sich die Freunde mehr wie Sträflinge als wie Urlauber vor. Ihre Eltern hatten sie für die Dauer der Osterferien nach Australien geschickt. Jeder andere hätte sich über diese tolle Reise gefreut, aber die Knickerbocker waren alles andere als begeistert. Viel lieber hätten sie Poppis Vater nach Hawaii begleitet, aber Frau Monowitsch war dagegen gewesen. Sie hatte – wie die übrigen Eltern – die Abenteuer der vier satt. Axels Mutter war schließlich ein Einfall gekommen, den sie großartig fand. Ihre alte Schulfreundin Margaret hatte es vor vielen Jahren irgendwo in den australischen Busch verschlagen. Die Farm, die sie dort mit ihrem Mann bewirtschaftete, lag so einsam, dass man sie weder per Bus noch mit der Bahn erreichen konnte. Und so hatte ein winziges Flugzeug die Juniordetektive zu ihrem Ferienziel gebracht.

Außer dem riesigen Farmhaus, etwa 300 Rindern, die rundum weideten, und einem zwölfjährigen pickeligen Mädchen gab es hier nichts. Selbst die Kängurus wurden den Knickerbockern bald langweilig. Es war drückend heiß und von einem Swimmingpool konnten sie nur träumen.

Margaret und ihr Mann Arthur rackerten den ganzen Tag und hatten für die Gäste kaum Zeit. Ihre Tochter Sara war eine Nervensäge ärgster Sorte, die immer nur im Haus sitzen und fernsehen oder Briefe schreiben wollte. Ihre Gießkannenstimme bereitete den Knickerbockern Ohrenschmerzen. Außerdem lautete jeder zweite Satz von ihr: „Wenn ihr etwas Verbotenes macht, dann sage ich es sofort Mum und Dad!“ Sie war eine entsetzliche Petze. Und das Allerschlimmste: Sara sollte in den Sommerferien für vier Wochen zu ihnen nach Europa kommen!

Noch völlig verwirrt und aufgewühlt wankten die Knickerbocker-Freunde über die ausgetrocknete Ebene zu dem lang gestreckten weißen Farmhaus zurück. Es hatte zwei Stockwerke, eine lange Säulenveranda und viele Zimmer und Nebenräume. Gleich daneben befand sich ein kleiner Flugplatz, auf dem einmotorige Transportmaschinen landen konnten. Das Postflugzeug war oft für Wochen die einzige Abwechslung.

Umso mehr war Lieselotte bald die umzäunte Scheune aufgefallen. Das Mädchen hatte eine gute Nase entwickelt, wenn es darum ging, rätselhafte, undurchsichtige und verdächtige Dinge zu entdecken. Ihre Spürnase hatte auch bei dem Holzhaus den richtigen Riecher, wie die Ereignisse der vergangenen halben Stunde bewiesen. Was war das Geheimnis dieses Ortes? Was ging dort vor sich?

„Ein Bumerang!“, rief Dominik und deutete nach oben. Tatsächlich wirbelte dort eines der berühmten Wurfhölzer der Aborigines, wie die Ureinwohner Australiens genannt wurden, durch die Luft. Der Bumerang flog einen großen Bogen und kehrte danach zu seinem Werfer zurück. Wer das war, konnten die Knickerbocker-Freunde nicht erkennen, denn er verbarg sich hinter einem Gestrüpp. „Nichts wie hin!“, rief Lieselotte und rannte los. Die anderen hetzten ihr nach.

Als sie noch ungefähr fünfzig Meter von dem Gestrüpp entfernt waren, tauchte dahinter das dunkelhäutige Gesicht eines Ureinwohners auf. Er hatte sich weiße Streifen auf Stirn und Wangen gemalt und starrte sie erschrocken an. Mit dem rechten Arm holte er weit aus und schleuderte den Bumerang direkt in die Richtung der Knickerbocker-Bande. Das harte Holzgeschoss raste mit hoher Geschwindigkeit auf die vier Juniordetektive zu.

Axel erkannte die Gefahr blitzschnell und hechtete zur Seite. Lieselotte machte ebenfalls einen großen Satz. Nur Poppi und Dominik standen wie angewurzelt da. Der Bumerang wirbelte direkt auf die beiden Juniordetektive zu. Er drehte sich dabei so schnell, dass er nur als grauer Punkt zu erkennen war. Dominik öffnete den Mund, um zu schreien, aber alles ging so schnell, dass er gar nicht dazu kam.

Es knirschte, das Wurfholz landete einen Meter vor den Sportschuhen des Jungen auf der ausgetrockneten Erde. Der Bumerang schlitterte noch ein Stück weiter, bis er gegen Dominiks Schuhspitzen stieß. Axel und Lieselotte rappelten sich auf und liefen zu ihrem Freund. „Alles in Ordnung?“

„Fast … fast … hätte er mich getroffen!“, sagte Dominik keuchend und griff sich theatralisch ans Herz.

Im Gestrüpp raschelte es. Der Unbekannte machte sich wohl davon. „Ich schnapp ihn mir!“, rief Axel.

Aber Lieselotte hielt ihn zurück. „Nicht, das … das ist viel zu gefährlich! Außerdem holst du ihn eh nicht mehr ein!“

Axel war ein großartiger Läufer, aber der Eingeborene war bestimmt schneller. Er schien beim Rennen fast zu fliegen, so schnell und federleicht schwebten seine Beine über den Boden. Viel hatte die Bande von ihm nicht erkennen können. Außer seiner traditionellen Gesichtsbemalung war Lilo nur aufgefallen, dass der Mann zerschlissene Jeans trug.

Dominik bückte sich und hob den Bumerang auf. Er war gelb gefärbt und mit schwarzen Symbolen verziert. Die einfachen Zeichnungen stellten Fratzen, angreifende Tiere und spitze, waffenähnliche Gegenstände dar. „Ob uns … der … treffen wollte?“, fragte Poppi zaghaft.

Lieselotte schüttelte den Kopf. „Jedenfalls nicht so, dass wir verletzt worden wären. Der Mann hat den Bumerang sehr tief geworfen. Allerdings wollte er uns abschrecken, so viel steht fest!“

Die vier hatten genug. Erst jetzt bemerkten sie, dass sie alle noch immer am ganzen Körper zitterten. Erleichtert atmeten sie auf, als sie hinter sich das Gatter schlossen, das die Farm zur Weide hin abgrenzte. Innerhalb dieses Zaunes fühlten sie sich sicher.

Als sie auf das Farmhaus zugingen, trat Sara aus der Tür. „Wo wart ihr? Was habt ihr gemacht? Wieso seid ihr so dreckig? Warum kommt ihr so spät?“, quasselte sie los.

„Was ist das? Ein Verhör?“, schnauzte Axel sie an.

Sara zuckte zurück. „Ich werde Mum und Dad alles erzählen!“

„Ja, dann geh schon petzen! Lauf, sonst vergisst du noch etwas!“, entgegnete Lilo. „Tempo! Los!“

Das Mädchen ließ den Mund aufklappen und starrte das Oberhaupt der Bande fassungslos an. „Aber … aber ihr werdet Hausarrest bekommen und nicht mehr weggehen dürfen!“

„Hau ab!“, zischte Dominik. „Sonst bekommen wir noch Ohrenschmerzen von deinem Gequatsche!“

Die vier schoben das Mädchen zur Seite und betraten das Haus. Das Wohnzimmer besaß eine Klimaanlage und war angenehm kühl. Die Knickerbocker zogen sich mit einer eiskalten Cola dorthin zurück.

Nachdenklich betrachtete Lieselotte den Bumerang. „Ich kapiere überhaupt nichts mehr!“

„Hallo, Kinder!“, ertönte hinter ihnen eine tiefe Stimme. Sie gehörte Margarets Mann Arthur. Er war ein eigenartiger Mensch. Er hatte schwarzes Haar, harte Gesichtszüge, einen Schnauzbart, dessen Enden tief nach unten hingen, und Augen, die aussahen, als wären sie aus Glas.

„Daddy, die vier waren den ganzen Nachmittag fort. Bestimmt haben sie etwas Verbotenes gemacht!“, posaunte Sara, die sich natürlich nicht hatte abschütteln lassen und den Knickerbockern ins Wohnzimmer gefolgt war.

Arthur musterte die Knickerbocker-Bande. „Was habt ihr denn getrieben?“

Lieselotte entschloss sich, die Wahrheit zu sagen. „Wir waren bei der Scheune.“

Augenblicklich verdüsterte sich das Gesicht des Farmers. „Das dürft ihr nicht!“, schimpfte er. „Ich habe es euch mehrere Male gesagt.“

„Warum dürfen wir das nicht?“, fragte Axel.

„Und dann … auf dem Heimweg … da hat uns ein Ureinwohner diesen Bumerang nachgeworfen!“, rief Poppi, die ein wenig ablenken wollte.

Arthur ging zum Tisch, auf dem das Wurfholz lag, und nahm es in die Hände. Seine Mundwinkel zuckten, als wollte er etwas dazu sagen. Aber er tat es nicht. Stattdessen ermahnte er sie mit strenger Stimme. „Ab morgen bleibt ihr ausschließlich innerhalb des Farmgeländes. Ihr werdet eure verdammten Füße nicht mehr nach draußen setzen! Verstanden?“ Sein bohrender Blick wanderte von einem Juniordetektiv zum anderen.

Axel wollte protestieren, aber er kam nicht dazu. Über dem Haus ertönte das Knattern eines Flugzeugmotors.

„Wer … wer kommt da?“, fragte Sara ihren Vater.

„Der Doktor“, antwortete Arthur. „Ich … äh … ich brauche ihn!“

Die Bande lief nach draußen, um weiteren Verhören und Strafpredigten zu entgehen. Die „fliegenden Ärzte“ waren eine Besonderheit dieser Gegend. Ihre kleinen Flugzeuge glichen fliegenden Arztpraxen und legten oft hunderte Flugkilometer am Tag zurück.

Das Flugzeug landete und eine Frau stieg aus. Sie hatte langes, rotblondes Haar, trug einen Cowboyhut und dazu passende Stiefel. Nie wäre die Bande auf die Idee gekommen, dass sie es hier mit einer Ärztin zu tun hatte.

„Hallo, ich bin Doktor Susan Gordon!“, stellte sich die junge Frau bei den Knickerbockern vor. „Ich bin so schnell gekommen, wie es möglich war, Arthur. Was fehlt dir genau?“

Der Farmer wollte vor den vier Freunden und seiner Tochter nicht reden und bat die Ärztin ins Haus. Dort verschwand er mit ihr im Arbeitszimmer. Es dauerte über eine halbe Stunde, bis Susan wieder herauskam.

„Ist … ist Arthur sehr krank?“, fragte Dominik.

Die Ärztin schüttelte den Kopf. „Halb so schlimm.“ Sie sah sich um und gab den Juniordetektiven ein Zeichen, näher zu kommen. „Ich würde gerne mit euch sprechen“, sagte sie. Die Bande folgte ihr nach draußen. Susan streckte ihre Arme aus und zog die vier zu sich heran. „Hört mal, ihr regt den armen Arthur zu sehr auf. Er hat Probleme mit seinem Herzen, und ihr macht die Sache nur noch schlimmer!“

Axel, Lilo, Poppi und Dominik machten betroffene Gesichter. „Wieso?“

Die Ärztin atmete tief ein. „Weil ihr euch wie Stadtratten aufführt, die zum ersten Mal aufs Land kommen. Ihr könnt euch nicht ständig in Gefahr begeben. Arthur fühlt sich für euch verantwortlich!“ Die Bande verstand langsam kein Wort mehr. „Hört gut zu, ich weiß, wer ihr seid und was ihr schon alles Unglaubliches fertig gebracht habt. Aber bleibt bitte von Ondatta weg!“ Die Juniordetektive starrten sie verständnislos an. „Ondatta ist der Name für das Bergwerk da draußen!“, erklärte Susan.

„Meinen Sie diese Scheune?“, fragte Lilo verwundert.

„Also passt auf, ich erkläre euch das. Diese Scheune ist keine Scheune, sondern nur ein Gebäude, das über dem Eingang zum Bergwerksstollen errichtet worden ist. Vor ungefähr zehn Jahren wurde dort nämlich nach Uranerz gesucht. Ihr wisst, was das ist?“

Dominik begann sofort einen kleinen Vortrag zu halten: „Uranerz ist radioaktives, also strahlendes Material, das zum Betreiben von Atomkraftwerken verwendet wird. Allerdings kann man daraus auch Atomwaffen bauen. Es ist megagiftig und gefährlich!“

Susan nickte anerkennend. „Richtig!“

Lieselotte knabberte aufgeregt an den Spitzen ihrer Zöpfe. „Und ... ist Uran gefunden worden?“

Susan zuckte mit den Schultern. „Die Suche wurde abgebrochen, weil sich das Bergwerk auf einer magischen Stätte der Aborigines befand. Die Ureinwohner protestierten gegen die Arbeiten, aber zuerst wollte keiner auf sie hören. Die Leute von der Fördergesellschaft lachten nur. Als der Stollen schon ziemlich tief in den Boden getrieben worden war, ereigneten sich dann grässliche Dinge. Die Bergbauarbeiter berichteten von dunklen Mächten und Dämonen, von denen sie angeblich überfallen und fast getötet wurden. Völlig normale Leute begannen durchzudrehen. Sie erzählten von Armeen, die plötzlich aus dem Busch aufgetaucht seien. Einige Männer gingen ohne Grund aufeinander los. Es war unmöglich, weiterzumachen. Nach kurzer Zeit fand sich niemand mehr, der in Ondatta arbeiten wollte. Auch nicht für viel Geld. Da im Übrigen nichts auf große Funde hindeutete, ließ die Bergbaugesellschaft die Grabungen abbrechen."

Axel war neugierig geworden. „Magische Kultstätte? Was bedeutet das?"

Susan strich ihr langes Haar zurück und band es zu einem Pferdeschwanz zusammen. „Nun, die Aborigines berichten von dunklen Kräften, die aus dem Boden aufsteigen und Freunde zu Feinden machen. Daher meiden sie selbst das Gebiet. Aber sie bringen diesem magischen Ort im Busch gleichzeitig auch große Hochachtung entgegen. Sie haben zum Beispiel Kugeln aus Keramik ausgelegt, auf denen Honigameisen, Krokodile und die Regenbogenschlange dargestellt sind. Angeblich sind in diesen Kugeln alle bösen Geister und Gedanken gefangen, die sich an diesem Platz besonders wohl fühlen. Die Aborigines bringen sie dorthin, um sich von ihnen zu befreien."

Staunend hörte die Knickerbocker-Bande zu. Das

klang sehr nach einer Erklärung für ihre eigenen Erlebnisse. „Und aus diesem Grund ist der Bereich rund um das Haus auch so abgesichert?“, fragte Poppi.

Die Ärztin nickte. „So ist es. Ich hoffe, ihr seid nicht über den Zaun geklettert!“ Die vier schüttelten energisch die Köpfe. „Aber das könnt ihr ohnehin nicht, er steht unter Strom!“

Axel konnte seinen Mund nicht halten, und so entschlüpften ihm die Worte: „Nein, das tut er eben nicht, weil …!“ Die anderen warfen ihm sogleich einen strafenden Blick zu.

„Ihr habt es also doch getan!“, sagte Susan streng.

„Ja, aber … es war … ein Horror … genau wie Sie gesagt haben!“, antwortete Lilo leise. „Wir … tun das bestimmt nie wieder!“

Die Ärztin machte ein Gesicht, das zweifellos ausdrückte, dass sie diesem Versprechen wenig Glauben schenkte.

„Ein Ureinwohner hat uns vertrieben … das heißt … er hat uns hier nahe der Farm … einen Bumerang nachgeschleudert!“, berichtete Poppi bereitwillig.

„Habt ihr den Bumerang?“, fragte Susan.

„Ja“, sagten die Juniordetektive. Axel ging sogleich das Wurfholz holen.

Keinem der vier entging, was passierte, als die Ärztin den Bumerang in die Hände bekam. Sie starrte ihn kurz an und ließ ihn dann wie eine glühende Kartoffel fallen.

„Was ist … was haben Sie?“, fragte Axel.

Die Ärztin wischte sich mehrere Male über das Gesicht und schien große Mühe zu haben, sich wieder zu sammeln. „Also ich … ich … normalerweise glaube ich nicht an diesen Unsinn, aber … ich habe selbst erlebt, dass dieser Bumerang … schreckliches, unvorstellbares … Unglück gebracht hat. Die Aborigines nennen ihn den ‚Bumerang des Bösen‘. Ich habe euch vorhin von den Kugeln erzählt, in denen die bösen Geister gefangen gehalten werden – angeblich. Mit dem Bumerang hat es Folgendes auf sich: Durch Beschwörungen und schwarze Magie versammeln die Ureinwohner das Böse in diesem Holz. Sie lassen es über den Menschen kreisen, die sie ins Verderben stürzen wollen. Wer einen solchen Bumerang des Bösen in die Hände bekommt, der muss mit den schlimmsten Katastrophen rechnen!“

Lieselotte fand die Geschichte zwar schaurig, blieb aber trotzdem ruhig. „Der Bumerang sollte aber nicht *uns* Unglück bringen, sondern der Farm“, sagte sie leise. „Wir haben beobachtet, wie er zuerst über das Haus flog. Als wir den Ureinwohner verfolgen wollten, hat er das Ding auf uns geschleudert. Er wollte uns an den Füßen treffen, damit wir ihm nicht nachrennen können.“

Die Ärztin war äußerst beunruhigt. „Wie ich schon sagte: Normalerweise halte ich von Aberglauben und angeblichen finsteren Mächten nichts. Aber im Fall Ondatta und des schwarzen Bumerangs habe ich meine Meinung gründlich ändern müssen. Ich habe entsetzliche Fälle erlebt. Eine Farmerfamilie wurde durch grässliche Schicksalsschläge fast ausgerottet, nachdem einer dieser Bumerangs bei ihnen aufgetaucht war. Das war kein Zufall, da bin ich mir ganz sicher."

Dominik putzte seine Brille mit dem T-Shirt und fragte: „Und was raten Sie uns? Was sollen wir jetzt machen?"

Die junge Ärztin überlegte lange. „Nichts!", meinte sie schließlich. „Verhaltet euch völlig ruhig und wartet ab. Unter keinen Umständen dürft ihr noch einmal nach Ondatta. Das wäre verrückt! Verlasst auf gar keinen Fall das Farmgelände! Innerhalb der Umzäunung seid ihr … !" Sie stockte. Nein, innerhalb des Zaunes waren die Knickerbocker auch nicht sicher. Das Unglück, das sich über die Familie senken sollte, konnte auch sie treffen.

„Passt auf, ich … ich werde mir etwas ausdenken", sagte sie dann. „Morgen am Nachmittag komme ich wieder, wenn ich nicht zu einem Notfall muss. Bitte, haltet bis dahin den Mund und sagt kein Wort mehr zu den Hagmans." Hagman war der Familienname von Arthur, Margaret und Sara.

Die Bande versprach ihre Anweisungen zu befolgen. Hastig verabschiedete sich Susan, da sie schnellstens zu einem anderen Patienten musste, der 360 Kilometer entfernt wohnte.

Die vier Juniordetektive kehrten sehr bedrückt in das Haus zurück. „Wo ist der Bumerang?", fragte Lilo.

„Frau Doktor Gordon hat ihn mitgenommen. Sie will ihn sofort verbrennen, um dadurch das Unglück etwas abzuschwächen. Ein Aborigines-Magier hat ihr diesen Trick verraten", sagte Dominik.

„Hallo, Kids!", rief eine freundliche Stimme. Margaret Hagman stand auf der Veranda und winkte der Bande zu. „He, was macht ihr für Gesichter? Ich habe euren Eltern versprochen, dass ihr euch hier wohl fühlen werdet. Habt ihr Heimweh?"

Lieselotte fand, dass eine Notlüge hier die beste Lösung war. „Ja … ziemlich!", antwortete sie. „Nach ein paar Tagen bekommen wir das immer!"

Das stimmte natürlich nicht, aber Margaret stellte wenigstens keine weiteren Fragen. „In einer viertel Stunde gibt es Essen, wascht euch schon einmal die Hände!", forderte sie die vier auf.

Das Abendessen verlief ohne besondere Vorkommnisse. Seltsam war nur, wie Arthur Hagman seine Frau ins Verhör nahm: Er wollte unbedingt wissen, wieso sie darauf bestanden hatte, dass Doktor Gordon käme. So schlecht gehe es ihm gar nicht. „Das sagst du immer", entgegnete Margaret. „Aber dann liegst du wieder halbe Nächte lang wach, weil dir dein Herz böse Streiche spielt."

Als sie die entsetzten Blicke der Knickerbocker auffing, wechselte sie schnell das Thema. „Habt ihr schon einmal erlebt, wie Sara lernt?", fragte sie die Bande.

Die vier verneinten. Es war ihnen auch herzlich egal.

„Hier im Busch gibt es natürlich keine Schule, deshalb wird Sara per Funk unterrichtet. Sie sitzt jeden Vormittag an ihrem Funkgerät und ist mit ihrer Lehrerin und fünf anderen Schülern verbunden!"

Axel gefiel das. „Klasse, da kannst du schummeln und niemand sieht es!"

Sara verzog angewidert den Mund. „Ich würde nie schummeln“, sagte sie. „Das ist nur etwas für Feiglinge!“

Axel bekam einen knallroten Kopf. Er ließ sich nicht gern Feigling nennen. „Hör zu, du dumme Pute“, begann er und erhielt dafür einen kräftigen Tritt von Lilo gegen das Schienbein. „Ach, vergiss es“, knurrte er und löffelte weiter seinen Kartoffelbrei.

Poppi, die besonders feinfühlig war, blickte die Hagmans der Reihe nach an. Irgendwie hatte sie nicht den Eindruck, dass die drei eine Familie waren. Sie kamen dem Mädchen wie Leute vor, die Familie spielen mussten. Arthur und Margaret redeten kaum miteinander, und Sara war meistens nur komisch. Von den dreien ging eine eigenartige Stimmung aus.

„Wie wär’s mit einer Runde Poker?“, schlug Margaret beim Nachtisch vor.

Axel, Poppi und Dominik stimmten begeistert zu. Lieselotte war davon weniger angetan. „Ich … ich möchte lieber ein bisschen schreiben.“

Sara horchte auf. „Hast du auch Brieffreundinnen oder führst du ein Tagebuch?“

„Weder noch“, antwortete Lilo. „Ich habe einen Geheimkalender, in den ich alles eintrage, was ich tagsüber erlebe und beobachte. Und das werde ich auch heute machen.“

Später, als sich die vier in ihr Schlafzimmer zurückzogen, sagte Poppi: „Ich … ich glaube, dieser Bumerang hat schon gewirkt. Mit der Familie Hagman stimmt etwas nicht. Es liegt irgendetwas in der Luft … und ich … ich bin sicher, es ist nichts Gutes!“

Ihre Knickerbocker-Freunde schwiegen, aber im Stillen teilten sie alle Poppis Gefühl. Am liebsten wären sie so schnell wie möglich wieder abgereist. Aber das war unmöglich. Es lagen noch zehn Tage vor ihnen. Zehn lange Tage im Busch. Was würden sie bringen?

Antwort auf diese Frage erhielten die Juniordetektive bereits in der folgenden Nacht. Die Luft war um diese Zeit etwas kühler als bei Tag, und rund um die Farm war nur das Zirpen einiger Grillen zu hören. Trotzdem konnte Poppi nicht schlafen. Unruhig wälzte sie sich auf der harten Matratze, die als Bett diente. Sie warf sich von einer Seite auf die andere. Albtraumfetzen jagten ihr Angst ein. Etwas knarrte, etwas knackte, etwas raschelte. Wie durch Nebelschwaden tauchten dunkle Beine vor ihr auf und gingen im Zimmer auf und ab. Es dauerte lange, bis sie endlich begriff, dass die Beine tatsächlich da waren und dass sie gar nicht mehr richtig schlief. Poppi hielt den Atem an.

Von draußen fiel ein flackernder Lichtschein durch das offene Fenster und erhellte den Raum ein wenig. Durch diese Beleuchtung wurde der Eindringling sichtbar. Er stand zum Greifen nahe vor Poppi. Ganz langsam drehte das Mädchen den Kopf und blickte an der dunklen Gestalt empor. Es war jemand mit Stiefeln und einer Art Kutte, die auch den Kopf bedeckte. Der Unbekannte machte sich an dem Tisch zu schaffen, auf dem die Bande ihre Taschenlampen, Taschenmesser und Ferngläser abgelegt hatte. Poppi versuchte, den Mund zu öffnen, aber es gelang ihr nicht. Deshalb drehte sie sich auf die andere Seite und stieß Lilo mit dem Ellbogen an.

„Was … w … was ist denn?“, brummte das Superhirn ziemlich laut. Laut genug, dass die rätselhafte Gestalt es hören konnte. Mit schnellen Schritten huschte sie aus dem Zimmer.

„Lieselotte … da war jemand!“, flüsterte Poppi.

Lilo war mit einem Schlag hellwach und richtete sich kerzengerade auf. „Wo … wo?“

Poppi deutete mit zitternden Fingern auf den Tisch und dann zur Tür.

Lieselotte stand auf und versuchte sich zurechtzufinden. Dabei warf sie einen Blick aus dem Fenster. „Oh nein … oh mein Gott!“, rief sie und schlug die Hände vor das Gesicht.

Sie musste etwas Entsetzliches entdeckt haben …

Jetzt war auch der Rest der Knickerbocker-Bande hellwach. Die Jungen stellten sich hinter Lieselotte und folgten ihrem Blick ins Freie. „Oh nein … das … das ist ja entsetzlich!“, rief Dominik. Nun wussten die vier, woher der flackernde Lichtschein kam.

Auf dem Platz vor dem Farmhaus hatte jemand zwei starke Stöcke zu einem X zusammengebunden und in die Erde gerammt. Daran festgeschnürt war Sara, die nur mit einem weißen Nachthemd bekleidet war. In ihrem Mund steckte ein dicker Knebel. Rund um das australische Mädchen waren flache Schalen aufgestellt, in denen grelle, kupferrote Feuer prasselten. Während die Schalen im Hintergrund zwei, drei Meter von Sara entfernt waren, endete der Bogen des Feuerkreises im Vordergrund fast direkt vor ihren Füßen. Die Flammen einiger Schalen flackerten immer wieder gefährlich vor ihrem Nachthemd.

Sara selbst wirkte völlig leblos. Sie bewegte sich keinen Millimeter und starrte nur mit weit aufgerissenen Augen auf die Feuer.

Axel zögerte keine Sekunde und rannte hinaus. Er wollte sofort zu Sara und sie vor dem Feuer retten, aber so, wie die Schalen um sie herum aufgestellt waren, konnte er sich ihr nicht nähern. Er trug nur Boxershorts und ein T-Shirt, und die Gefahr, dass er sich die Beine versengte, war zu groß. Axel sah sich hastig um und stürzte dann zu einer alten Viehtränke. Dort befand sich immer Wasser, das mit Eimern herausgeschöpft

werden konnte und mit dem Margaret die Blumen goss.

Der Knickerbocker löschte damit das Feuer einiger Schalen und bahnte sich so einen Weg durch den Flammenkreis. Er löste Saras Fesseln und zerrte sie zum Haus. Erst auf der Veranda riss er ihr den Knebel aus dem Mund, worauf das Mädchen wie eine Sirene zu heulen begann.

Die Lichter im Haus gingen an und Herr und Frau Hagman stürzten heraus. Fassungslos starrten sie auf ihre Tochter. „Was … was macht ihr mit Sara?“, brüllte Arthur Axel an.

Der Junge stampfte wütend mit dem Fuß auf. „*Wir* machen nichts mit ihr! Wir haben sie nur davor gerettet in Flammen aufzugehen. Und schrei mich nicht immer an!“

Herr Hagman verstummte. Als er die Feuerschalen und das hölzerne X erblickte, legte er schützend den Arm um seine Frau. „Wer … wer war das? Wer hat das getan?“, fragte er leise.

Erst nach einigen Tassen Tee und einer halben Beruhigungstablette war es möglich, aus Sara etwas herauszubekommen. „Ich habe geschlafen … und plötzlich … habe ich keine Luft mehr bekommen … Ich wollte schreien, aber ich konnte nicht“, berichtete sie. „Es hat mich jemand aus meinem Bett gezerrt und nach draußen geschleift … Der Knebel in meinem Mund … Ich habe nicht schreien können … und wehren konnte ich mich auch nicht. Ich wurde an den Haaren gezogen. Es hat so wehgetan!“ Sara begann wieder zu weinen, und ihre Mutter hatte große Mühe, sie zu beruhigen. „Und dann hat man mich festgebunden … und das Feuer angezündet!“ Sara konnte nicht weiterreden. Sie brach in Tränen aus.

„Wer … wer … von wem sprichst du?“, wiederholte ihr Vater immer wieder.

„Es war … einer von denen!“, brachte Sara mit Mühe hervor.

Arthur Hagmans Augenbrauen schoben sich wie zwei Gewitterwolken zusammen. Sein Bart zitterte und er fletschte die Zähne wie ein Hund. „Sie sind Wilde. Da kann man sagen, was man will. Und ich werde mich an ihnen rächen!“

Lieselotte wollte endlich erfahren, um wen es ging.

„Es war ein Ureinwohner“, erklärte Margaret leise. „Mir kommt das wie … wie … eine magische Handlung vor. Als ob Sara verhext werden sollte!“

Lilo schüttelte langsam den Kopf. „Verhexen, das … daran hat man doch nur im Mittelalter geglaubt.“

Poppi zupfte sie aufgeregt am T-Shirt. „Aber denk doch, was Dr. Gordon erzählt hat! Und dann … die schwarze Gestalt bei uns im Zimmer!“

Frau Hagman hatte die letzten Worte gehört und fragte nach. „War der Mann auch bei euch?“

Poppi nickte. „Jaaaa … !“

Der Farmer ballte die rechte Hand zur Faust und ließ sie mit voller Wucht in seine Linke klatschen. „Dafür werden sie bezahlen!“, rief er. „Schließt die Türen ab! Ich werde auf jeden Fall die Hunde loslassen. Falls einer von denen auch nur eine Zehe auf mein Grundstück setzt, werden sie ihn zerfleischen!“ Er verschwand in der Dunkelheit, und kurze Zeit später war das wütende Kläffen der Hunde zu hören.

„Geht wieder schlafen!“, sagte Margaret zu den Knickerbockern. „Es kann euch nichts geschehen. Die Hunde beschützen uns!“

Aber von Schlafen konnte keine Rede sein. Hellwach lagen die vier Juniordetektive auf den muffigen Matratzen. Sie hatten die Hände unter den Köpfen verschränkt und starrten zur Decke. „Ob das irgendwie mit dem Unglücksbumerang zu tun hat?“, fragte Poppi leise. „Was denn sonst?“, brummte Axel. „Die Aborigines scheinen es auf diese Farm abgesehen zu haben.“ Dominik dachte ein wenig weiter. „Langsam glaube ich, dass nicht der Bumerang an allem schuld ist … sondern diese Scheune. Seit wir über den Zaun geklettert sind, ereignen sich lauter entsetzliche Dinge!“

Lieselotte schlüpfte unter der Decke hervor und tastete sich zu dem Tisch. „Ich … ich habe ein paar Notizen gemacht. Ich lese euch das Ganze vor, vielleicht fällt euch noch etwas dazu ein.“

Das Superhirn ließ die Hände über die Tischplatte gleiten, fand den Geheimkalender aber nicht. Schließlich schnappte sie sich eine Taschenlampe und leuchtete den Tisch und den Fußboden rundherum ab. Nichts! Der Kalender war weg! „Aber ich habe ihn bestimmt hier abgelegt!“

„Lieselotte, der Ureinwohner, der da war … der hat ihn sicher gestohlen!“, sagte Poppi. „Aber woher wusste er, dass der Kalender wichtig sein könnte?“

Auf diese Frage hatte keiner eine Antwort. „Du hast das Ding bestimmt im Wohnzimmer liegen lassen. Jetzt beruhige dich wieder!“, meinte Axel. „Außerdem will ich nicht mehr denken. Ich … ich möchte endlich schlafen. Auch wenn ich im Augenblick bestimmt kein Auge zukriege.“

Die Knickerbocker-Bande beschloss, nach dem Frühstück alles zu besprechen. Es dauerte noch fast zwei Stunden, bis die vier endlich eingeschlafen waren. Keiner von ihnen bemerkte, dass eine dunkle Gestalt in das Zimmer schlich und sich abermals am Tisch zu schaffen machte.

„Du bist mein Retter, und ich werde dir dafür ewig dankbar sein, Axel!“, säuselte Sara am nächsten Morgen. Nach der ereignisreichen Nacht waren die Knickerbocker erst am späten Vormittag aufgewacht. Herr und Frau Hagman waren bereits mit dem Jeep zu einer Rinderherde unterwegs, um dort nach dem Rechten zu sehen. „Ich habe heute meinen Unterricht versäumt. Das ist das erste Mal seit vier Jahren!“, sagte Sara.

Axel wurde das Mädchen immer unsympathischer. Die tut so, als wäre das der Weltuntergang, dachte er. Lilo bemerkte seine Miene und zischte ihm zu: „Lass sie! Hier in dieser Einsamkeit muss man ein bisschen schwach im Hirn werden. Das geht gar nicht anders.“

Sara bereitete für die vier ein ausgiebiges Frühstück-Mittagessen zu und plapperte dabei ununterbrochen. Mindestens siebenmal erzählte sie, was die Bande ohnehin schon wusste. „Und dann … dann hat er mich nach draußen geschleppt … und … !“

Ein tiefes Brummen und das laute Bellen der Hunde, das darauf folgte, unterbrach sie. „Das ist Dr. Gordon! Sie hat versprochen, dass sie heute vorbeischaut!“, jubelte Poppi, die die junge Ärztin besonders nett fand.

Axel, Dominik und Poppi liefen nach draußen um Susan zu begrüßen. Lilo wollte sich schnell noch ein frisches T-Shirt anziehen und ging zurück in das Zimmer der vier. Als sie sich über ihren Koffer beugte, fiel ihr Blick mehr zufällig auf den Tisch. „Das … das gibt es doch nicht!“ Dort lag ihr Geheimkalender. Er lag da, als wäre er nie fort gewesen. „Unmöglich! Gestern Nacht war er ganz sicher verschwunden“, flüsterte das Mädchen. Sie griff danach und blätterte die Seiten des Ringbuches durch. Es fehlte keine Einzige. Lilo schüttelte den Kopf, als wollte sie ihre Gedanken in die richtige Ecke rütteln. Was ging hier vor sich?

Als sie das Farmhaus verließ, konnte sie gerade beobachten, wie Susan Gordon aus ihrem kleinen Flugzeug kletterte und auf die Umzäunung zuging. Die Hunde, die hinter dem Gebäude an der Kette lagen, kläfften aufgeregt. „Beruhigt euch, ich bin es ja nur!“, rief die Ärztin ihnen zu. Sara stürmte der Frau entgegen und breitete wichtigtuerisch die Arme aus. „Frau Doktor, helfen Sie mir, ich wäre gestern Nacht beinahe verbrannt worden! Zum Glück hat mich mein Freund Axel gerettet. Bitte, kommen Sie mit uns ins Haus!“

Als die Ärztin erfuhr, was sich in den letzten 24 Stunden auf der Farm alles zugetragen hatte, musste sie erst einmal tief durchatmen. Sie wandte sich an Sara. „Könntest du mir bitte etwas zu trinken bringen? Eine Tasse Kaffee wäre großartig!“

Sara wirkte etwas hilflos. „Äh ... den muss ich aber erst machen!“, stammelte sie. „Das kann dauern ... weil ich das noch nie gemacht habe.“

Die Ärztin lächelte milde und meinte: „Kein Problem, ich muss ohnehin auf deinen Vater warten.“

Als Sara gegangen war, murmelte Axel: „Schlauer Trick um sie loszuwerden.“

Susan äußerte sich dazu nicht. „Die Dinge stehen schlimmer, als ich dachte“, sagte sie ernst.

„Aber es war jemand aus Fleisch und Blut und kein Dämon!“, beharrte Lilo.

Dr. Gordon lief im Wohnzimmer unruhig auf und ab. „Ich … ich mache mir große Sorgen … um euch … um Sara und um die Hagmans. Wenn ich nur wüsste, was zu tun ist. Auf keinen Fall darf sich Arthur zu sehr aufregen. Ich … ich muss mit den beiden reden. Ohne Sara. Was haltet ihr davon, wenn wir zu ihnen fliegen?“

Lieselotte wurde hellhörig. „Woher wissen Sie, wo sich die Hagmans aufhalten?“, fragte sie. Poppi hörte den bohrenden Unterton und wunderte sich. Was hatte Lieselotte gegen die Ärztin? Die war doch schwer in Ordnung.

„Woher ich es weiß? Als ich herflog, habe ich von oben ihren Jeep gesichtet. Sie sind bei ihrem Vieh, wo sonst. Oder glaubst du, dass sich in dieser Wildnis irgendwo ein geheimes Kino befindet?“

Lilo wurde rot bis zu den Haarwurzeln. Das war ihr vielleicht peinlich! Wie konnte sie nur so misstrauisch sein!

Die vier Juniordetektive waren begeistert über die Aussicht, mit dem Flugzeug eine Runde drehen zu dürfen. Sie verabschiedeten sich hastig von Sara, die vor lauter Überraschung ausnahmsweise einmal nicht daran dachte, ihnen hinterherzulaufen, und liefen mit Dr. Gordon zu der kleinen Maschine, in der eine komplett ausgestattete Notstation untergebracht war. Das Flugzeug war ein winziges fliegendes Hospital.

Es erschien Lilo wie ein Wunder, dass man mit dieser Kiste auf der ausgetrockneten Erde so mühelos starten und landen konnte. Das Flugzeug rumpelte über den Boden, der Motor heulte auf, und schon hoben sie ab. Staunend betrachteten die vier Freunde die ausgedehnte Ebene, auf der sich nur da und dort ein paar graugrüne Inseln aus Bäumen und Sträuchern abhoben. Sie überflogen einige bizarr verformte rote Felsen, die gleich Saurierrückenkämmen aus dem Boden wuchsen, sahen eine Fläche, auf der sich ein Termitenhügel neben dem anderen erhob, und erreichten schließlich die Rinderherde. Die Hagmans hatten das Vieh mit dem Jeep zusammengetrieben. Irgendetwas hatten sie wohl mit den Tieren vor. Dr. Gordon flog drei Schleifen, um sich bemerkbar zu machen, und stellte anschließend ihre Landekünste unter Beweis. Wieder holperte und rüttelte es, aber bald hatten sie es geschafft. Das Flugzeug stand still und die Knickerbocker-Bande konnte aussteigen. Zwischen ihnen und dem Jeep der Hagmans befand sich jetzt nur ein kleines Hindernis, und das hatte ungefähr 200 Beine und 100 Hörner. Die Rinder glotzten die Neuankömmlinge beunruhigt an und stampften mit den Hufen.

„Wie kommen wir da vorbei?“, fragte Dominik.

„Wie schon?“ Lieselotte war extrem ungeduldig. „Stell dich nicht so an, Stadtheini! Du machst einen Bogen rund um die Herde, was sonst?“

Axel, Lilo und Poppi winkten den Farmern im Jeep zu und marschierten los. Die Rinder muhten und schnaubten nervös. Dominik warf den Tieren misstrauische Blicke zu. „Bleibt brav, wo ihr seid!“, brummte er. „Keiner rührt sich vom Fleck, verstanden!“

Der Jeep der Hagmans, der ungefähr 50 Meter entfernt stand, wurde gestartet. Das Getriebe krachte und die Maschine unter der Motorhaube jaulte gequält auf. Wer auch immer am Steuer saß, trat das Gaspedal beinhart durch. Der Jeep zischte mit durchdrehenden Rädern wie eine Rakete los und direkt auf die Rinder zu.

Er wurde in letzter Sekunde herumgerissen, bevor er mit den Tieren zusammenkrachte. Die Kühe, die beinahe überfahren worden waren, galoppierten los und drängten gegen den Rest der Herde. Wie eine Welle setzte sich die Bewegung fort. Das Vieh stürmte direkt auf die Knickerbocker-Bande zu.

„Weg … wir müssen weg!“, brüllte Lieselotte.

Der Jeep schien völlig außer Kontrolle geraten zu sein und sich nicht mehr bremsen zu lassen. Die Herde wurde dadurch noch wilder. Wie eine Kampfmaschine tobte die schwarz-weiße Masse, die ungefähr die Ausmaße von sechs Schwimmbecken hatte, auf die vier Freunde los. Axel, Lilo, Poppi und Dominik rannten, was das Zeug hielt. Es war ihnen klar, dass sie zu Brei zertreten werden würden, sobald die Rinder sie erst einmal zu Boden gerissen hatten. Rinderhufe bestanden aus hartem Horn, das durch die raue Erde oft scharf geschliffene Kanten hatte.

„Die … die bringen uns um!“, schrie Lieselotte verzweifelt.

Das Donnern der Herde schwoll an, die trampelnden Hufe rückten näher. Axel hatte sich als Einziger ziemlich weit absetzen können, Dominik und Poppi stolperten keuchend hinter Lilo her.

Plötzlich, und ohne genauer darüber nachzudenken, drehte sich Lilo um, hob die Arme, fuchtelte heftig durch die Luft und brüllte aus Leibeskräften: „Verschwindet … haut aaaaab! Weg! Verschwindet!“

Die Rinder ließen sich von ihren Rufen jedoch nicht aufhalten. Blindlings rasten sie weiter, auf der Flucht vor der drohenden Gefahr. Lilo starrte entsetzt in die dunklen Kuhaugen, die sie anglotzten und dennoch durch sie hindurchsahen, als wäre sie Luft. Sie atmete durch und schrie weiter. Dominik und Poppi waren inzwischen bei ihr angelangt. War das Superhirn nun völlig übergeschnappt? Die beiden packten Lilo und versuchten sie wegzuzerren. Die Rinder waren gerade noch fünfzehn Meter entfernt. Aber Lieselotte folgte ihren Freunden nicht, sondern strebte nach links, in Richtung Flugzeug.

„Nein … du …!“, protestierten die beiden jüngeren Mitglieder der Bande. Aber Lilo hörte nicht auf sie. Sie riss sich los und stürmte davon. Poppi und Dominik hatten nur die Möglichkeit, hinter ihr herzurennen oder das Ende abzuwarten.

Ein Horrorverdacht

Die Ohren von Dominik und Poppi waren voll vom Dröhnen der Hufe. Staub und Erde verklebten ihnen die Augen. Zwischen ihren Zähnen knirschte der Sand, und unter ihren Schuhen schien sich der Boden selbstständig zu machen. Plötzlich aber bemerkten sie, dass Lieselotte stehen geblieben war. Irgendetwas musste passiert sein! Sie wischten sich über die Gesichter und drehten sich ängstlich um.

Da war es wieder, das Trampeln der Tiere, der Lärm und die Wolken aus feinster Erde. Aber es war wie ein Wunder! Die Rinder hatten einen anderen Weg eingeschlagen und bewegten sich nun in einem Bogen von ihnen weg. Obwohl es im ersten Augenblick völlig sinnlos gewirkt hatte, war Lilos Geschrei und Gefuchtel sehr wohl zu etwas nütze gewesen. Es hatte die Herde ein wenig von ihrem Kurs abgebracht. Deshalb war Lieselotte auch weiter nach links abgewichen.

Axel kam zu seinen Freunden gelaufen und wischte sich den Schweiß von der Stirn. „Die Hagmans spinnen wohl!“, keuchte er. „Wollten die … wollten die uns … umbringen … oder was?“

„Kinder, um Himmels willen!“ Dr. Gordon hatte die vier Freunde erreicht und legte mütterlich ihre Arme um sie. „Alles okay?“, erkundigte sie sich.

„Bei uns schon … bei denen dort aber nicht!“, sagte Lieselotte leise.

Die Knickerbocker beobachteten stumm, wie sich die Herde langsam wieder beruhigte. Der Jeep war endlich stehen geblieben und die Türen flogen auf. Auf der Beifahrerseite saß Margaret. Hinter dem Steuer hantierte Arthur hektisch am Sitz herum. Er schien völlig außer sich zu sein. Frau Hagman winkte Dr. Gordon zu und schrie: „Ist … ist den Kindern etwas passiert?“

Sie sprang aus dem Jeep und ging um die Herde herum auf die Knickerbocker zu. „Es … es war schrecklich!“, stieß sie hervor.

„Glaubst du, uns hat das Spaß gemacht? Wieso erschreckt Arthur das Vieh?“, schimpfte Lieselotte los.

Margaret hörte den Unterton in Lilos Stimme sofort. „He, was soll das? Du tust ja so, als hätte Arthur das absichtlich getan!“ Sie erhielt keine Antwort. Schweigend starrte Lilo sie an. „Kind … bist du … verrückt? Das Gaspedal klemmte. Wir hätten um ein Haar einen schweren Unfall gehabt. Weißt du, was es bedeutet, mit einer Kuh zusammenzustoßen? Es ist so, als würde man mit Vollgas einen Lastwagen rammen. Unser Jeep ist nicht der neueste. Arthur spart leider immer am falschen Fleck. Das Gaspedal muss hängen geblieben sein … Wir hatten Todesangst!“

„Wir auch!“, sagte Lilo trocken. Ihre Freunde blickten sie verständnislos an. Was wollte sie? Es war ein Unglücksfall, bei dem den Hagmans genauso viel hätte passieren können wie ihnen selbst. Wieso blieb Lieselotte so hart?

Inzwischen war Arthur bei ihnen und klopfte die Knickerbocker ab, als wollte er kontrollieren, ob noch alle Arme und Beine an ihnen dran wären. „Ich versteh das nicht … das Gaspedal … es ist plötzlich unten geblieben … auf Vollgas … ich konnte den Wagen nicht mehr bremsen … schließlich habe ich den Motor einfach abgedreht … Das ist mir vor lauter Panik allerdings viel zu spät eingefallen. Ich hatte zu viel damit zu tun den Rindern auszuweichen. Es wäre ein entsetzlicher Schaden gewesen, wenn eines der Tiere durch so eine Dummheit sein Leben verloren hätte."

Lieselotte starrte den Mann wütend an. „Und was ist mit unserem Leben? Das ist dir wohl egal? Das wäre vielleicht eine gute Gelegenheit gewesen, uns loszuwerden", sagte sie leise.

Arthur Hagmans Schnauzbart zuckte wieder einmal, ein Zeichen dafür, dass er außer sich war. „Was … was redest du da?"

Margaret war die ganze Sache sehr unangenehm. „Wieso … seid ihr überhaupt hier herausgekommen? Ist etwas mit Sara?", fragte sie.

Dr. Gordon versuchte die Lage zu entspannen und beruhigte die aufgebrachten Eltern. „Nein, nein … ich hatte nur ein wenig Zeit, und deshalb … habe ich einen kleinen Rundflug mit den Kindern gemacht. Aber … ich glaube … heute liegt etwas in der Luft. Wir machen besser kehrt. Ich bringe die vier zurück."

Arthur ließ nicht locker. Er trat dicht an Lilo heran, blickte sie durchdringend an und sagte leise und bohrend: „Du hast vorhin gesagt, dass ich euch loswerden möchte? Damit unterstellst du mir Mordabsichten. Du wirst dich auf der Stelle entschuldigen."

Axel, Dominik und Poppi starrten zitternd auf den großen Mann, der die Hände in die Hüften gestützt hatte und aussah, als wollte er Lilo im nächsten Augenblick erwürgen. Das Mädchen aber hielt seinem Blick stand. „Ich halte es für keinen Zufall, dass das Gaspedal genau in dem Augenblick klemmte, als wir an der Rinderherde vorbeigehen wollten. Wohin wolltet ihr überhaupt fahren?", sagte Lieselotte mit ruhiger Stimme.

Arthur bebte vor Zorn. Auf seiner Stirn schwoll eine Ader dick an und sein Gesicht verfärbte sich purpurrot. „Wir wollten euch entgegenfahren und begrüßen, da wir wussten, wie unruhig die Tiere heute sind. Margaret und ich waren schlicht und ergreifend besorgt um euch. Ich glaube, euch vieren ist dieses lächerliche Detektivspielen zu Kopf gestiegen. Ich lasse mir von vier ungezogenen Gören nicht einen Mordversuch in die Schuhe schieben. Ihr gehört einmal nach Strich und Faden verdroschen. Jawohl!"

Zum ersten Mal zuckte Lieselotte zusammen und wurde ein Stück kleiner. Das lag weniger an der angedrohten Tracht Prügel als an den Worten „Wir waren um euch besorgt!".

Susan Gordon schob sich zwischen Lilo und den aufgebrachten Farmer. „Schluss jetzt, Arthur, denk bitte an deine Gesundheit! Ich glaube, wir haben es hier mit einer Reihe von Missverständnissen zu tun. Jemand versucht euch Angst einzujagen. Bisher mit Erfolg. Aber damit muss Schluss sein!" Herr Hagman schob die Augenbrauen fragend zusammen. „Gestern hat ein Ureinwohner einen Bumerang des Bösen über euer Haus geworfen!", fügte Susan hinzu.

Diese Meldung saß. Arthur ballte die Hände zu Fäusten und zischte: „Wenn ich einen von denen erwische …! Wer meiner Familie oder meinem Besitz zu nahe kommt, der … der … !" Margaret versuchte ihren Mann zu beschwichtigen, was ihr aber nicht gelang.

Dr. Gordon schubste die Knickerbocker hastig in das

kleine Flugzeug und nahm wieder Kurs auf die Farm. Während des Rückflugs wurde kein Wort gesprochen. Erstens war der Lärm des Propellers zu laut, und zweitens hing jeder seinen Gedanken nach. Axel, Poppi und Dominik verstanden das Oberhaupt der Bande nicht. Lilo war so übermisstrauisch. Hatte das mit dem Horror bei der Scheune zu tun? Oder tatsächlich mit dem Bumerang?

Das Superhirn starrte durch die winzige Luke auf die rötliche Landschaft, die unter ihnen vorbeizog. Als sie gestern über den Zaun geklettert waren, hatten sie in ein Wespennest gestochen. Lieselotte hatte das auch in ihrem Geheimkalender notiert. Sie erinnerte sich an den letzten Satz ihrer Eintragung: „Das alte Bergwerk, der Bumerang des Bösen und die Hagmans hängen irgendwie zusammen. Ich habe keine Ahnung wie, aber ich werde es herausfinden."

Und plötzlich war es, als würde sich ein Vorhang heben. Dahinter wurde ein Beweis sichtbar. Ein Beweis dafür, dass auf der Farm ein scheußliches Schauspiel stattfand, das den Verdacht auf einen Unschuldigen lenken sollte.

Bitte, bring uns weg!

Die Minuten bis zur Landung kamen Lilo wie Stunden vor. Sie musste sofort mit Susan reden. Sie hatte plötzlich Angst, sehr große Angst, und sie wollte so schnell wie möglich die Farm verlassen. Außerdem musste sie Margaret warnen. Sie und ihre Tochter waren in großer Gefahr.

„Was ... was ist denn?“, fragte die Ärztin, als Lilo sie nach Abstellen des Motors heftig am Ärmel zupfte.

„Susan ... Arthur ... ich behaupte, er ist absichtlich auf die Rinder losgefahren, damit sie uns zertrampeln. Vielleicht wollte er uns auch nur abschrecken. Er ... er spielt ein falsches Spiel! Diese schreckliche Sache mit Sara hat er auf dem Gewissen! Es war kein Eingeborener.“

Die Ärztin war völlig verdattert. „Wie kommst du denn darauf?“

„Die Hunde haben nicht gebellt! Normalerweise führen sie sich auf wie wild, wenn jemand kommt. Aber sie waren völlig ruhig. Mein Verdacht lautet: Arthur hat meinen Geheimkalender genommen und gelesen. Daraus hat er erfahren, was wir denken, und da er in irgendetwas drinhängt, auf das wir nicht kommen sollen, hat er beschlossen, uns fertig zu machen. Er hat seine eigene Tochter gequält, damit wir Angst bekommen. Es ist doch klar, dass wir so lange eingeschüchtert werden sollen, bis wir still und brav sind. Der Mann ist verrückt. Wer weiß, wie weit er noch gehen wird!“

Dem Rest der Bande stockte vor Aufregung der

Atem. Das waren ja Hämmer, die Lilo da äußerte. Und das Schlimmste war, dass sie auch noch logisch klangen.

Dr. Gordon öffnete die Ausstiegsluke, da es in der Maschine höllisch heiß geworden war. „Ich … ich glaube auch schon längere Zeit, dass mit Arthur etwas nicht stimmt!", begann sie. „Ich … ich werde mit Margaret reden."

Poppi geriet in Panik. „Bitte … bitte, nimm uns mit und bring uns fort. Bitte!"

Die junge Frau blickte das Mädchen lange an. „Ich werde alles tun, um euch Sicherheit zu bieten!", versprach sie.

Die vier Juniordetektive schlichen mit hängenden Schultern in das Haus und verzogen sich in ihr Zimmer. „Hallo, was ist los?", rief Sara, die kurze Zeit später ihren Kopf durch die Tür steckte. Die Knickerbocker schwiegen. Lilo lächelte matt und meinte: „Gar nichts … wir sind nur … sehr müde. Bitte … lass uns ein bisschen schlafen!" Das Mädchen gab sich mit dieser Erklärung zufrieden und ging.

Bald darauf kehrten die Hagmans mit dem Jeep zurück. Lilo schob die Metallstreifen der Jalousie auseinander und beobachtete, was geschah. Dr. Gordon ging zu Margaret und zog sie beiseite. Die beiden Frauen verschwanden hinter dem Farmhaus. Etwa zehn Minuten später kamen sie in das Zimmer der Bande und schlossen die Tür. Margaret schien völlig aufgelöst. „Ich … ich kann nicht sagen, ob irgendetwas an euren Behauptungen stimmt. Ich … ich liebe Arthur, und ich kann mir nicht vorstellen, dass er irgendetwas Unrechtes tut. Aber … ich weiß, dass er über euren Besuch nicht sehr erfreut war. Er ist ein Farmer, und es hat einen Grund, warum er hier in der Wildnis leben möchte. Er ... er ist sehr menschenscheu. Trotzdem kann und will ich nicht glauben, dass er mit dieser schrecklichen Sache von heute Nacht etwas zu tun hat. Ich glaube, es ist am besten, wenn ihr abreist. Wie ich das Axels Mutter beibringen soll, ist mir ein Rätsel. Ich habe ihr hoch und heilig versprechen müssen, auf euch gut aufzupassen. Ich war ihr diesen Gefallen schuldig, weil sie mir einmal aus einer sehr unangenehmen Lage geholfen hat."

Susan Gordon nahm Margarets Hand und drückte sie fest. „Keine Sorge, ich werde die vier sicher zum Flugzeug nach Europa bringen. Morgen können sie bereits nach Hause unterwegs sein!"

Lieselotte schüttelte den Kopf. „Das ist nicht möglich. Unsere Flugtickets sind auf ein bestimmtes Datum ausgestellt. Der Rückflug ist erst in neun Tagen. Wenn wir früher fliegen wollen, müssen wir zahlen, und ihr wisst, was das kostet."

Frau Hagman und Dr. Gordon blickten einander betreten an. „Na ja ... dann ... dann bleibt ihr am besten bei mir auf der Station. In meinem Buschkrankenhaus", meinte die Ärztin. „Besser als hier, wo es zu viele Spannungen gibt, und ... na ja ... der Bumerang scheint auf jeden Fall wieder einmal die beabsichtigte Wirkung erzielt zu haben."

Die Knickerbocker-Bande war mit Dr. Gordons Vorschlag nicht wirklich einverstanden. Sie wollten zwar fort, aber auf der anderen Seite hatten sie ein ungutes Gefühl, alles einfach liegen und stehen zu lassen. Susan ließ ihnen schließlich keine andere Wahl. „In einer Stunde fliegen wir. Packt eure Sachen!", entschied sie.

Die Stimmung beim Abschied war seltsam. Sara schien den Abflug der vier nicht sehr zu bedauern. Arthur gab allen bis auf Lieselotte die Hand. Margaret versuchte, die Situation mit einem Lächeln zu überspielen, aber es gelang ihr nicht. Auch als das Flugzeug bereits abgehoben hatte und die Juniordetektive noch einmal nach unten blickten, schien es ihnen, als wäre die ganze Farm von einer zwar unsichtbaren, aber undurchdringlichen Wolke umgeben. Es fiel ihnen schwer, dieses Rätsel ungelöst zurückzulassen.

„Trotzdem ... ich bin froh, dass wir fort sind", meinte Axel. „Ich habe echt Angst gehabt. Und nicht nur bei den Rindern, sondern überall."

Susan drehte sich nach hinten und lächelte. Sie hatte ein sommersprossiges Gesicht, das in diesem Augenblick viel Ruhe, Geborgenheit und Sicherheit auf die Knickerbocker-Bande ausstrahlte. „Wisst ihr was? Ich werde mit meinen Kollegen reden, ob sie mich nicht drei Tage vertreten können", sagte sie. „Und dann nehme ich mir Zeit für euch und zeige euch etwas von den Schönheiten Australiens!"

Dennoch kam keine richtige Freude bei der Knickerbocker-Bande auf. Susan hoffte, dass sich die Stimmung der vier während der Reise bessern würde. Noch am selben Tag flog sie mit ihnen zum Ayers Rock, einem Wahrzeichen des Kontinents. Der Ayers Rock sah aus wie der steinerne Rücken eines riesigen Wales, der aus dem Boden der Wüste ragt. Das Licht der untergehenden Sonne ließ den 350 Meter hohen, lang gestreckten Felsen zuerst schwefelgelb, dann grellorange und schließlich blutrot glühen. „Von oben kann man weit in die Ebene blicken", schilderte Susan der

AYERS ROCK

Bande die Aussicht vom Felsen. „Man sieht so weit, dass man das Gefühl hat, die Krümmung der Erde zu erkennen."

Am nächsten Tag flogen sie in Richtung Osten. Sie waren den ganzen Tag unterwegs und übernachteten in einem anderen Buschkrankenhaus. Am darauf folgenden Morgen ging es weiter zur Küste. Poppis Herz jubelte, als sie Gelegenheit bekam, echte Koalabären zu beobachten. Sie sahen wie lebendige Kuscheltiere aus. „Ist der nicht drollig ... mit seinem Baby im Beutel?", rief die Tierfreundin. „Stellt euch vor, Koalas trinken nie Wasser! Die Flüssigkeit, die sie brauchen, holen sie sich aus den Eukalyptusblättern, von denen sie sich ernähren. Es gibt 600 verschiedene Eukalyptusarten in Australien, aber der Koala frisst nur 20! Übrigens hat er etwas Besonderes, um seine Nahrung zu verdauen: einen zwei Meter langen Blinddarm! Stellt euch das bloß vor! Unser Blinddarm ist nur einige Zentimeter lang!" Staunend betrachteten die vier die Koala-Mama mit ihrem Baby, das munter aus dem Beutel guckte.

Irgendwie war ihnen aber, als würden sie die Zeit totschlagen. Es blieb noch eine ganze Woche bis zu ihrem Rückflug. Und das seltsame Gefühl der Unruhe, das sie seit ihrem Farmaufenthalt begleitete, wollte nicht weichen.

Die Reise ging weiter, wohin, wollte Susan noch nicht verraten. Als die vier wieder in der fliegenden Ambulanz saßen, die sich mühelos in die Luft erhob, bekam Lieselotte Durst. Sie beugte sich nach hinten, wo die Bahre stand, auf der sonst Kranke transportiert wurden. Momentan diente sie als Abstellplatz für ihre Reisetaschen. Irgendwo musste sich auch ihre Trinkflasche befinden. Lilo kramte, fand aber nichts. Schließlich löste sie ihren Sicherheitsgurt und kroch in den hinteren Teil des Flugzeugs. Wo war die Flasche nur? Als sie unter die Bahre schaute, stutzte sie. Sie legte sich flach auf den Boden der Maschine und fuhr mit dem Arm unter die Liege. Sie bekam genau das zu fassen, was sie bereits vor ein paar Sekunden glaubte gesehen zu haben. Aber sie hatte ihren Augen nicht trauen wollen. Jetzt war die schreckliche Entdeckung Gewissheit!

Das Superhirn wollte sofort mit den anderen reden, aber das war im Augenblick unmöglich. Doch irgendwo musste Lieselotte ihren Schreck loswerden. Also nahm sie ihren Geheimkalender zur Hand …

Fackeln unter Wasser

„Ich habe eine Überraschung für euch!“, kündigte Susan Gordon kurz vor der Landung an. Axel, Poppi und Dominik beugten sich vor, um besser hören zu können. „Werft einen Blick nach unten!“, forderte die Ärztin die Knickerbocker-Freunde auf. Die drei pressten sich an die kleinen Luken und schauten in die Tiefe. Erst jetzt bemerkten sie, dass das Flugzeug gar nicht so hoch flog. Es befand sich höchstens fünfzig Meter über dem Meer. Im Licht der Nachmittagssonne glitzerte und leuchtete das Wasser in hunderten Grün- und Blautönen. Dazwischen verstreut lagen kleine Inseln und ein langer Felsstreifen, an dem sich die Wellen brachen. Sie schäumten weiß, und die Gischt zog sich wie ein Kreidestrich durch das Blau.

„Unter euch liegt das weltberühmte Great Barrier Riff. Hier gibt es die prachtvollsten Korallen und die schönsten Fische der Welt. Könnt ihr tauchen?“ Die Juniordetektive nickten, denn jeder der vier hatte mittlerweile einen Tauchkurs besucht. „Bestens, dann stehen euch besonders tolle Tage bevor“, erklärte Susan. „Ich habe ein Boot gemietet, mit dem wir hinaus zum Riff fahren werden. Es besitzt ein Glasfenster im Boden, durch das ihr die Unterwasserwelt beobachten könnt. Aber es gibt auch für jeden von euch eine Taucherausrüstung.“

Axel strahlte und hob den Daumen zum Zeichen, dass er begeistert war und sich freute. Zum ersten Mal seit ihrer Ankunft in Australien gab es für ihn einen

Lichtblick. Tauchen fand er einfach genial und er freute sich auf dieses Abenteuer.

Susan holte sich die Erlaubnis des Flugdienstes, noch ein Stück tiefer zu gehen. „Haltet Ausschau nach Wasserschildkröten und Haien!“, rief sie den Knickerbockern zu.

Dominik, Poppi und Axel waren so aufgeregt und beschäftigt, dass sie gar nicht bemerkten, wie abwesend, uninteressiert und still Lilo war. Sie kaute an ihrem Kugelschreiber und zwirbelte die Nasenspitze, denn sie stand vor einem wirklich schwer wiegenden Problem. Sollte sie es mit ihren Freunden besprechen, oder besser nicht? Ich muss erst mehr herausfinden!, entschied sie schließlich. Ich habe in den Tagen auf der Farm Leute beschuldigt und nur einmal einen Beweis gehabt. Ein Profi tut das nicht. Vielleicht drehe ich überhaupt schon durch … Verdammt, verdammt, verdammt! Was war los? Lieselotte spürte, wie ihre Gedanken sie fest umklammert hielten. Sie hatte das Gefühl, von jeder Menge Lügen umgeben zu sein, aber sie wusste nicht, was diese Schwindeleien verdecken sollten. Sie bildeten einen dicken Teppich, unter den das Superhirn nicht schauen konnte.

Drei Stunden später erkundete die Bande das Schiff, das Susan gemietet hatte. Es war ein absoluter Hit und trug mit Recht den klingenden Namen „Sun Queen“ – Sonnenkönigin. Die Außenbordwand strahlte weiß, an Bord bestand fast alles aus edlen Hölzern und Messing, und die drei Schlafkajüten waren so luxuriös ausgestattet wie noble Hotelzimmer. Am tollsten aber war ein Gerät, das wie ein weißes Fass aussah und sich in der Mitte des Bootes befand. Durch dieses Riesen-Unterwasser-Fernrohr konnte man einen Blick direkt auf das Riff und seine bunten Fische werfen. Das Gerät vergrößerte die Bilder und beleuchtete die Unterwasserlandschaft.

Die Fahrt begann, und die Knickerbocker kamen aus dem Staunen nicht heraus. Wie versteinerte Urwaldpflanzen wuchsen die Korallenstöcke nach oben. Manche waren fast weiß, andere gelbgrün, andere wieder blutrot. Dazwischen tummelten sich die gelb-weiß gestreiften Clownfische, die schillernden Doktorfische, und einmal bekamen sie sogar einen rubinroten Juwelen-Zackenbarsch zu sehen. Diese Fischart war von den Sportfischern schon fast ausgerottet worden.

Aber Susan Gordon hatte noch eine Überraschung auf Lager: „Was haltet ihr von einem kleinen Fackelzug unter Wasser heute Nacht?“, fragte sie. Der Ärztin gefielen die fassungslosen Gesichter der vier. „Das ist tatsächlich möglich!“, sagte sie. „Ich habe Fackeln mitgenommen, die unter Wasser brennen. Es ist ein unvergessliches Erlebnis, das kann ich euch versprechen!“

Axel klopfte der jungen Frau kameradschaftlich auf die Schulter und meinte: „Susan, du bist echt der Wahnsinn! Ein Hit! Mega-Spitze!“ Dominik und Poppi stimmten ein, Lilo sagte nichts. Sie suchte noch immer nach einer günstigen Gelegenheit, mit ihren Freunden zu reden, aber Dr. Gordon ließ die vier nie allein.

Die Nacht kam und der Fackelausflug begann. Die Juniordetektive zwängten sich in die Taucheranzüge, die aus kurzen Hosen und einem kurzärmeligen Oberteil bestanden. Das Wasser war sehr warm, der Anzug diente eher als Schutz vor den scharfkantigen Korallenstöcken.

„Großartig, wie ihr mit den Pressluftflaschen umgehen könnt“, stellte Susan bewundernd fest. „Ich sehe, ihr seid Profis!“ Sie verteilte die Fackeln und die Knickerbocker ließen sich ins Wasser fallen. Dann streckten sie Susan die Röhren entgegen. Als sie sie entzündete, schoss ein Funkenfeuerwerk empor, das auch nicht erlosch, als die Fackeln ins Meer getaucht wurden. Dafür sorgte die Bauart der Röhren, die sicherstellte, dass die Flammen mit Sauerstoff versorgt wurden. „Viel Spaß!“, wünschte die Ärztin den vieren, als sie sich auf die Reise in den „Garten des Meeres“ begaben, wie das Riff oft genannt wurde.

Mit ruhigen Flossenschlägen, die Fackeln vorgestreckt, glitten sie durchs Wasser. Staunend betrachteten sie die Wunderwelt, die im flackernden Licht noch märchenhafter wirkte.

Lilo blickte gerade einem rechts vorbeiziehenden Schwarm violetter Fischchen nach, als ihr ein Missgeschick passierte. Sie übersah eine Korallenspitze und streifte mit der Taucherbrille daran. Wasser drang ein und sie konnte nichts mehr sehen. Das Mädchen steckte die Fackel zwischen mehrere Korallenäste und wandte einen alten Tauchertrick an. Sie hob die Maske vom Gesicht und hielt das Mundstück der Pressluftflasche hinein. Die ausströmende Luft verdrängte das Wasser und schon war die Brille wieder zu benutzen. Lilo hatte sich während dieser Aktion ein wenig gedreht und schaute nun zu ihrem Schiff zurück. Aus dem Schiffsboden stach ein schimmernder Lichtbalken in die Tiefe, der von dem Beobachtungsrohr kam. Was man wohl sieht, wenn man von unten nach oben guckt?, überlegte Lieselotte verschmitzt. Das musste sie probieren! Sie drehte um, hatte bald die runde Glasscheibe erreicht und starrte gespannt in die Höhe.

Sie sah Susan Gordon, die am Rande des Rohres lehnte und hinabsah. Das heißt … sie schaute nicht durch das Fenster im Schiffsboden, sondern starrte auf etwas, das sie in den Händen hielt. Es war rot und … ein Buch. Lilo durchzuckte ein glühender Blitz. Das war ihr Geheimkalender! Die Ärztin hatte ihn aus ihrer Tasche geholt und las darin. Der Verdacht, den das Superhirn schon seit einigen Stunden hatte, war damit bestätigt.

Lieselotte schwamm, so schnell sie konnte, los, um ihre Freunde zu warnen. Es gab keinen Zweifel mehr!

Das nützt euch nichts!

Poppi, Dominik und Axel verstanden nicht, was mit Lilo los war. Sie hielt ihre Detektiv-Kollegen fest und deutete ihnen, sofort nach oben an die Wasseroberfläche zu schwimmen. Axel hatte dazu keine Lust. Die Unterwasserfackel würde nicht mehr ewig brennen und er wollte die restliche Zeit nützen. Lilo schwenkte ihre Fackel schnell hin und her. Die anderen verstanden sofort. Sie beherrschten eine Taschenlampen-Sprache, die sie selbst erfunden hatten. Die Bewegung, die Lieselotte mit dem Licht machte, bedeutete: „Hilfe!" Mit ihrer Hand fuhr sie nun vor dem Licht der Fackel auf und ab, um so Blinkzeichen zu erzeugen. Viermal ließ sie es blinken und deutete mit der Fackel anschließend zu dem Boot zurück. Für ihre Detektiv-Kollegen hieß das: „Schaut, dort ist etwas!" Die drei verstanden noch immer nicht ganz, was ihre Freundin meinte, aber sie folgten ihr.

Hastig schwammen sie auf das Schiff zu. Poppi riss die Augen unter der Tauchermaske weit auf, als sie im Schein ihrer Fackel sah, dass der Anker des Schiffes gehoben wurde. Was sollte das? Wollte Dr. Gordon ohne sie abfahren? Das jüngste Mitglied der Bande machte die anderen darauf aufmerksam, und langsam wurde auch den drei anderen klar, dass an Bord etwas faul sein musste. Als sie die Köpfe aus dem Wasser steckten und die Brillen abstreiften, hörten sie, dass der Motor des Schiffes bereits lief. Die „Sun Queen" war zur Abfahrt bereit. Susan Gordon plante also, die vier hier draußen, mindestens drei oder vier Kilometer von der Küste entfernt, im Stich zu lassen. Leicht konnten sie die Beute eines hungrigen Haies werden oder ertrinken.

„Lieselotte … wieso … ?“, zischte Axel.

Aufgeregt wisperte Lilo: „Diese Frau Dr. Gordon ist nicht so nett, wie sie tut. Die hat uns auch belogen. Ich habe heute Nachmittag den ‚Bumerang des Bösen‘ im Flugzeug gefunden. Dabei wollte sie ihn doch unbedingt verbrennen, weil er so ein entsetzlicher Unglücksbringer sein soll. Sie hat nur eine Geschichte erfunden, damit wir unter keinen Umständen weitere Nachforschungen anstellen. Ich habe das in meinem Geheimkalender aufgeschrieben, und sie hat ihn gelesen, als wir abgetaucht waren. Jetzt will sie uns endgültig loswerden!“

Loswerden? Bei den anderen fiel eine Münze. Das bedeutete, sie steckte mit Arthur Hagman unter einer Decke! Die beiden machten bei irgendetwas gemeinsame Sache!

„Was … tun wir jetzt?“, flüsterte Poppi.

„Ihr kommt sofort an Bord!“, knallte die Stimme von Susan Gordon wie ein Schuss durch die Nacht. Ihr Klang war nicht im Geringsten freundlich, sondern eiskalt.

Die Knickerbocker hoben die Köpfe und sahen die Frau am Rand des Schiffes stehen. Sie hielt eine Pistole in den Händen und hatte sie auf die Bande gerichtet. „Es reicht jetzt! Endgültig!“

Langsam kletterte einer nach dem anderen an Bord. „Los, Pressluftflaschen ablegen und Anzüge ausziehen!“, kommandierte die Ärztin.

Die Juniordetektive taten, was sie verlangte. Es blieb

ihnen auch nichts anderes übrig. „Sie … du … wolltest ohne uns wegfahren!“, keuchte Axel.

„Ich muss mir überlegen, wie ich euch…“ Dr. Gordon brach mitten im Satz ab. Doch es war klar, wie der Satz weitergehen sollte.

Die Frau deutete auf eine Kiste. „Da sind Seile drin. Lieselotte, nimm sie und fessle die drei, und keine faulen Tricks, ihr Oberschlaumeier! Ich werde die Knoten kontrollieren. Wer nicht gut gefesselt ist, fliegt über Bord, verstanden?“

Lilo nickte langsam. In ihrem Kopf wirbelten die Gedanken durcheinander, aber trotzdem kam ihr keine Idee für einen Ausweg. Sie musste machen, was die Ärztin verlangte. Auf dem kleinen Deck wurden zuerst Poppi, dann Axel und schließlich Dominik von ihrer Freundin an Armen und Beinen gefesselt.

„Und jetzt noch zusammenhängen“, befahl Susan Gordon.

Lilo nahm ein neues Seil und half den dreien, sich sternförmig zusammenzusetzen. Den Mittelpunkt des Sterns bildeten die Füße. Lilo band sie zusammen und blickte ihre Freunde dabei entschuldigend an.

„Gut“, lobte Dr. Gordon, als Lilo fertig war. „Und nun zu dir!“ Sie deutete Lilo mit dem Pistolenlauf, in das Innere des Schiffes zu den Kabinen zu gehen. „Stell dich an das Unterwasser-Teleskop!“ Lieselotte gehorchte und wurde festgebunden. Die Ärztin ging dabei nicht gerade zart mit ihr um. Damit das Mädchen auch bestimmt nicht entkommen konnte, nahm Susan einen Schraubenschlüssel aus einer Werkzeugkiste, steckte ihn unter die Schnur und begann damit die Fesseln festzuziehen.

„Bitte aufhören ... Sie tun mir weh... Sie drücken mir das Blut ab!“, jammerte Lieselotte.

„Bei euch muss man vorsichtig sein. Ihr seid zu allem fähig“, erwiderte Susan. „Aber mir werdet ihr nicht mehr in die Quere kommen. Auch wenn du mich für äußerst verdächtig hältst, wie du so niedlich in deinem Tagebuch schreibst.“

Lilo schwieg. Zum zweiten Mal war ihr ein Fehler unterlaufen. Sie hatte ihren Geheimkalender nicht versteckt und noch dazu die Eintragung unverschlüsselt gemacht. Jeder konnte sie lesen und so ihre Gedanken und Kombinationen erfahren.

Susan Gordon kam ganz nahe an das Mädchen heran. „Dein Spitzname lautet doch Superhirn, nicht?“ Lieselotte nickte stumm. „Wenn du das wirklich wärst, hättest du die Sache auf sich beruhen lassen. Dann wärt ihr nach ein paar netten Tagen in Australien sicher und wohlbehalten zurückgekehrt. So aber werde ich mich um euch kümmern müssen, damit ihr nicht noch mehr Staub aufwirbelt. Und wenn du euer Leben retten möchtest, dann bereite mir besser keinen Ärger mehr, sonst ... !“ Statt weiterzureden, öffnete Susan einen kleinen Koffer, der zahlreiche Flaschen enthielt. Auf den meisten waren Totenköpfe abgebildet. Sie mussten Gift enthalten. „Alles klar?“, fragte sie Lilo. Das Oberhaupt der Bande nickte abermals stumm.

Verdammter Mist! So viele Fehler auf einmal waren den vier Juniordetektiven noch nie unterlaufen. Für das Superhirn stand eines fest: Die Bande war ständig belogen worden. Glauben konnten sie nur noch, was sie mit eigenen Augen gesehen hatten.

Lieselotte hatte den dringenden Verdacht, dass die

rätselhafte Scheune mit der hohen Umzäunung der Mittelpunkt aller Ereignisse war. Vielleicht war dort wirklich einmal nach Uranerz gesucht worden, aber die Geschichte mit der Kultstätte der Aborigines war sicher erfunden. An diesem Platz gab es etwas, das mit Susan Gordon zu tun hatte, von dem Arthur Hagman wusste und über das die Knickerbocker nichts herausfinden durften, weil es etwas Verbotenes war. Aber der Bumerang und der Mann, der ihn geworfen hatte? Was war damit? Zufall? Oder steckte da mehr dahinter?

Lilo war müde und erschöpft. Völlig erschöpft. An Schlaf war in dieser unangenehmen Lage nicht zu denken, aber trotzdem kippte sie immer wieder weg. Egal wie: Dieser Bumerang hatte Unglück gebracht, den vier Freunden am allermeisten. Wie sollten sie aus dieser Patsche je wieder herauskommen? Hilfe konnten sie keine erwarten. Von wem auch?

Letzte Hoffnung?

Der nächste Tag begann für die Knickerbocker-Bande bereits kurz nach Sonnenaufgang. Das helle Licht und die schmerzenden Fesseln ließen sie nicht länger schlafen.

„Mir … mir tun meine Hände so weh. Ich habe das Gefühl, es fließt überhaupt kein Blut mehr durch“, klagte Axel. Poppi und Dominik waren die Füße eingeschlafen. Es kribbelte, als würden tausende von Ameisen darin herummarschieren, aber da sie aneinander gebunden waren, konnten sie die Beine nicht einmal ausschütteln.

„Keine Gespräche!“, rief Susan.

„Ich … ich habe aber Hunger!“, sagte Dominik.

Susan Gordon kam an Deck und grinste die drei Knickerbocker von oben herab an. „Ihr lächerlichen Würstchen!“ Dann holte sie einen kleinen Gaskocher aus einer Kiste und stellte ihn auf den Tisch. Seelenruhig begann sie sieben Eier mit Speck zu braten und würzte das Ganze kräftig. Der Duft wehte der Bande um die Nase und zog sich sogar bis hinunter zu Lieselotte. „Lecker!“, sagte die Frau genüsslich.

„Wieso … wieso machen Sie das? Hören Sie auf uns zu quälen! Wir haben nichts angestellt!“

Dr. Gordon blickte die aufgebrachte Poppi lange an. „Doch, ihr habt etwas angestellt. Ihr habt geschnüffelt und euch wichtig gemacht. Das hättet ihr nicht tun dürfen. Kinder wie ihr sollten höchstens mit ihrem Computer spielen. Aber beruhigt euch, ich werde euch nichts antun, wenn ihr meinen Anweisungen folgt. Okay? Wollt ihr Frühstück?“

Die drei Freunde schwiegen. Was sollten sie auch antworten? Noch kannten sie die Anweisungen nicht.

„Behalten Sie den Fraß!“, erwiderte Axel wütend.

„He, ich war freundlich, wieso bist du so grob?“, entgegnete Susan. Sie schnappte die Pfanne und ging zu Dominik. „Mund auf!“, befahl sie. Der Junge tat es bereitwillig und ließ sich die gebratenen Eier und den Speck hineinschieben. Auch Poppi hatte nichts dagegen, gefüttert zu werden. Axel rümpfte zwar die Nase, nahm aber auch einen Bissen. Zum Schluss erhielt Lieselotte ihre Ration. Die vier hatten vor dem Tauchabenteuer nichts gegessen, weil sie mit vollem Magen nicht ins Wasser wollten. Umso größer war nun ihr Hunger.

Den Rest des Essens schüttete Dr. Gordon ins Wasser, wo sich sofort einige Fische gierig darauf stürzten. „Wie ihr seht, bin ich wie eine Mutter zu euch!“, sagte sie.

„Und … was machen Sie jetzt mit uns?“, fragte Dominik.

Susan lächelte milde. „Ich werde mich noch einmal hinlegen, weil ich müde bin und wir noch eine lange Flugreise vor uns haben. Dann werdet ihr wieder in den Busch mitkommen und in sechs Tagen eure Heimreise antreten.“

Die drei Knickerbocker horchten auf. Susan ließ sie laufen! Aber wozu dann die Fesseln und die Rückkehr in die Wildnis?

„Aber … aber … ?“, begann Axel. Er wollte unbedingt erfahren, woher plötzlich diese scheinbar freundliche Wende kam. Die Bande wusste doch von einigen Dingen, die nicht weitererzählt werden sollten. Warum hatte Susan Gordon auf einmal keine Angst mehr, dass sie etwas verraten könnten?

Die junge Frau fuhr sich mehrere Male durch das lange rotbraune Haar und gähnte. Sie verschwand in ihrer Kajüte und schloss die Tür. Die Knickerbocker-Freunde warteten eine halbe Stunde, die ihnen wie ein halbes Jahr vorkam, bevor sie zu sprechen wagten.

„Da … da ist etwas faul … Vielleicht lässt die noch das Flugzeug abstürzen und rettet sich mit dem Schleudersitz!“, wisperte Axel. „Dann ist sie uns los, und es sieht wie ein Unfall aus. Wir … wir müssen weg … weg von diesem Boot!“

Poppi zerrte an den Fesseln, die sich dabei aber nur noch enger um ihre Gelenke schnürten, was höllisch schmerzte. „Aber … aber wie? Wir kommen hier nie los!“

Axel war nicht bereit, so schnell jede Hoffnung aufzugeben. Er sah sich um und entdeckte, dass der Gaskocher noch immer brannte. Die Flamme war für seinen Plan bestens geeignet. Er würde seine gefesselten Arme darüber halten und die Schnur aufbrennen. „Los … wir rutschen zum Kocher!“, flüsterte er seinen Freunden zu. Dominik und Poppi hatten dabei den schwierigsten Teil zu bewältigen. Sie saßen nämlich mit dem Rücken zur Flamme und mussten sozusagen im Rückwärtsgang auf dem Hosenboden hinrobben. Doch sie schafften es.

„He, was habt ihr vor?“, erkundigte sich Lilo von unten, doch als Antwort bekam sie nur ein heftiges „Psssst!“

Als die drei Knickerbocker beim Tisch mit dem Brenner angekommen waren, begann sich der Stern der drei Gefesselten zu drehen. Axel musste nahe an die Flamme kommen, war im Augenblick aber am weitesten davon entfernt. Allerdings hatte er jetzt schon Angst, sich zu verbrennen. Schließlich würde er nicht nur die Schnüre, sondern auch seine bloße Haut ins Feuer halten. „Wir … wir stehen jetzt auf!“, sagte er zu Dominik und Poppi.

„Geht nicht, wie denn?“, flüsterte das Mädchen. Ihre Knöchel waren an die seinen gebunden. Axel verdrehte die Augen und fluchte vor sich hin. Daran hatte er nicht gedacht. Der Kocher stand zu weit oben. Er konnte ihn nicht erwischen. Also war diese Hoffnung dahin.

Der Junge knirschte verzweifelt mit den Zähnen. Er wollte nicht aufgeben und deutete seinen Freunden, dass sie sich noch einmal drehen sollten. Er wollte den Tisch mit dem Kocher sehen. Vielleicht fand er so eine Lösung.

Erst jetzt fielen Axel die zahlreichen Fläschchen mit den Totenkopf-Warnungen auf, die Dr. Gordon neben dem Kocher abgestellt hatte. Durch das Schaukeln des Schiffes waren einige der Behälter umgekippt, und aus zweien tropfte sogar etwas heraus. Die Tischplatte bestand aus schmalen Latten, zwischen denen sich etwa fingerbreite Ritzen befanden. Durch diese Ritzen tropften die giftigen Flüssigkeiten auf das Deck. Axel schluckte. Beim Aufprall der Tropfen zischte es und kleine weiße Rauchwolken stiegen vom Holzboden auf. Außerdem stank es erbärmlich. „Säuren … das müssen ätzende Säuren sein!“, fiel Axel ein. Er hatte darüber im Chemieunterricht gehört. Diese Säuren waren so stark, dass sie das Holz regelrecht verbrannten. Was würde mit seiner Haut geschehen, wenn sie damit in Berührung kam?

Der Knickerbocker hatte einen Plan, der für ihn aber sehr schmerzhaft werden konnte. Und nicht nur das, er musste sogar mit schweren Verätzungen rechnen.

„Was ... was ist?“, erkundigte sich Poppi, die sah, wie angestrengt er nachdachte.

„Wir ... wir drehen uns wieder“, erklärte Axel. „Und dann ... dann müsst ihr mir helfen ... Ich ... ich ... kann meine Handgelenke auseinander drücken. Dann ist dazwischen nur der Strick ... Ihr müsst mir helfen ... dass ich das Seil so halte, dass die Tropfen es genau treffen. Sie werden es durchätzen, und dann bin ich frei und kann uns alle befreien. Aber wenn ihr mich nicht genau dirigiert, dann... dann habe ich ein Loch im Arm!“

Dominik und Poppi hielten die Idee für völlig verrückt. „Das ... das kannst du nicht tun!“

„Habt ihr einen besseren Vorschlag?“, fragte Axel zurück.

Schweigen. Sie hatten keinen.

Axel begann den beiden einiges zu erklären. Es war wichtig, dass es jetzt keine Missverständnisse gab. Wo war rechts? Dort, wo für Axel rechts war, oder war damit die rechte Seite aus der Sicht von Dominik und Poppi gemeint, die ihm praktisch gegenübersaßen? Diese „Feinabstimmung“ war sehr wichtig. Eine falsche Anweisung, und die Säure würde über Axels Haut rinnen und sich in sie hineinfressen.

„Fertig?“, fragte der Junge seine Freunde. Dominik und Poppi nickten langsam. Axel presste seine Unterarme auseinander, damit möglichst viel von dem Seil frei zwischen den Gelenken lag. Dominik hob den Oberkörper, so weit er konnte, damit er hinter den Rücken seines Freundes sehen konnte. Poppi beobachtete die Tropfen und begann im Takt ihres Fallens zu zählen. Axel musste wissen, wann gerade „Tropfpause“ war und er seine Hände nach hinten schieben konnte. Dominik dirigierte ihn wie ein Top-Lotse. „Links … einen Zentimeter weiter … noch einen … stopp … etwas höher … noch … stopp! Wieder nach rechts … aber nur so viel, wie dein kleiner Finger dick ist … stopp! Wenn du deine Arme jetzt genauso nach hinten schiebst, treffen die Tropfen auf das Seil!“

„1 … 2 … 1 … 2 … 1 … 2 …“, zählte Poppi.

Axel holte tief Luft und streckte seine Arme nach hinten.

„Nach rechts!“, schrie Dominik. Es zischte, und eine dünne Rauchfahne stieg auf. Axel biss die Zähne zusammen.

Das ist das Letzte!

„Hast du … dich verbrannt?“, fragte Dominik besorgt.

„Nein … bin nur erschrocken!“, antwortete Axel. Er brauchte viel Kraft, um seine Arme völlig ruhig zu halten. Er spürte, dass die Säuretropfen nur wenige Millimeter von seiner Haut entfernt waren. Am Zischen erkannte er, dass das Seil zersetzt wurde. Es gab nach acht Tropfen bereits nach. Drei weitere und es riss. Axels Arme schnellten auseinander, und der Junge zog sie hastig nach vorn. Die Schultern schmerzten wie eine offene Wunde, und von der Anstrengung war jeder einzelne Muskel in seinem Oberkörper verkrampft. „Super!“, sagte Poppi japsend. „Aber jetzt binde uns los. Schnell!“

Axels Finger waren steif, und er brauchte lange, um selbst einen einfachen Knoten zu lösen.

Nach fast fünf Minuten waren Poppi und Dominik frei. Die drei Freunde schlichen schnell nach unten und banden Lieselotte los. Was jetzt? Der Strand war mindestens drei, wahrscheinlich sogar vier Kilometer entfernt. Diese Strecke zu schwimmen war zu gefährlich. Und Beiboot gab es keines. Auch die Suche nach einem aufblasbaren Rettungsboot blieb erfolglos.

Über Lilos Gesicht huschte ein triumphierendes Grinsen. „Jetzt schlagen wir sie mit ihren eigenen Waffen!“, zischte sie. „Wir sperren die Gurke ein!“ Das Superhirn packte eines der Seile und schlang es um den Knauf der Kabinentür. Das andere Ende zog sie quer über den Gang zur gegenüberliegenden Kajüte und

knotete es dort fest. „Ihre Tür geht nach innen auf, und sie wird sie nicht aufziehen können. Das Seil wird es verhindern!“, sagte Lieselotte und rieb sich erfreut die Hände. „Wir machen jetzt das Schiff klar und fahren damit in den Hafen zurück. Dort übergeben wir die Lady der Polizei!“

Dominik sah dabei Schwierigkeiten. „Und was willst du ihr exakt vorwerfen? Wie lauten die Anklagepunkte?“

Lieselotte blitzte ihn wütend an. „Was quasselst du schon wieder so kariert! Was heißt da Anklagepunkte? Die Frau hat uns gefangen gehalten und bedroht!“

„Aber wir haben keine Zeugen dafür!“, entgegnete Dominik.

„Wir werden die Behörden dazu bringen, sich die Scheune einmal aus der Nähe anzusehen!“, entschied Lilo.

„Psssst!“, warnte Poppi. „Doktor Susan muss nicht unbedingt geweckt werden!“

Die anderen gaben ihr Recht. Als sich die vier aber der Treppe zuwandten, die nach oben führte, wurde von innen an der Kabinentür gerissen. „He, was soll das?“, polterte die eingesperrte Susan. „Macht auf der Stelle auf, sonst könnt ihr was erleben!“

Die Juniordetektive genossen den Triumph. „Machen wir nicht! Wir sind nämlich nicht so dumm, wie du gedacht hast, Frau Dr. Gordon!“, spottete Axel. „Wir fahren jetzt zur Küste zurück! Und dann wirst du ein bisschen mit der Polizei plaudern müssen!“, säuselte Poppi, die sich absolut sicher fühlte. „Und du wirst endlich auspacken, was da draußen im Busch versteckt ist.“

Susan antwortete nicht. Plötzlich entstand eine unheimliche Pause. Sie dauerte und dauerte, und die vier Freunde blickten einander fragend an. Was … was kam jetzt? Mussten sie sich auf irgendetwas gefasst machen?

„Ihr seid wirklich schlaue Kerlchen!“, lobte Dr. Gordon. „Aber im Denken bin ich euch immer ein paar Nasenlängen voraus. Ihr könnt gerne tun, was ihr vorhabt. Aber ihr werdet euch nur drei Tage lang darüber freuen können!“

Die Bande horchte auf. „Wieso?“

„Weil ihr dann plötzlich sehr heftige Krämpfe bekommen werdet, zuerst in den Beinen, dann im Bauch, und schließlich wird der Krampf auch euer Herz zusammenpressen.“

„Was … was soll das heißen?“, stammelte Lieselotte.

„Das bedeutet, ich habe euch heute beim Frühstück vergiftet. Mit einem Virus. Einem Virus, der den meisten Ärzten unbekannt ist. Sie werden nicht wissen, wie sie euch behandeln sollen. Eure Überlebenschancen sind gering. Ich allerdings besitze ein Mittel, das ich euch geben werde, wenn ihr brav und artig seid und nur das tut, was ich euch gestatte!“

Liselotte schüttelte heftig den Kopf. „Das ist nur ein neuer Trick! Glaubt ihr kein Wort! Sie will uns hereinlegen, damit wir jetzt aufmachen und sie herauslassen.“ Gleichzeitig spürte sie aber, wie staubtrocken ihr Mund war. Die Zunge klebte am Gaumen, und in ihren Beinen machte sich ein eigenartiges Zucken bemerkbar. „Ich … ich spinne … so schnell kann das nicht gehen!“, versuchte sich das Mädchen zu beruhigen.

Dr. Susan Gordon wandte die schlimmste Folter an, die ihr zur Verfügung stand. Sie sagte gar nichts mehr und ließ die Knickerbocker-Bande in absoluter Ungewissheit. „Wir … was ist … wenn sie uns wirklich vergiftet hat …“, gab Dominik zu bedenken.

„Das ist die Holzhammermethode!“, unterbrach ihn Lilo. „Nur ein Trick, damit wir noch mehr Angst bekommen.“

„Bei kleineren Lebewesen wirkt der Virus schneller. Die Wirkung tritt nach 60 bis 90 Minuten ein“, meldete sich die Ärztin.

„Was … warum sagt sie das?“, fragte Poppi.

Axel vermutete den Grund und raste die steile Treppe nach oben an Deck. Er beugte sich über die Reling. „Tote Fische!“, schrie er. „Da schwimmen tote Fische im Wasser! Das sind die Fische, die die Reste des Frühstücks gefressen haben. Der Virus hat bei ihnen gewirkt. Dr. Gordon sagt die Wahrheit. Die Wahnsinnige hat uns tatsächlich infiziert.“

Was jetzt?

„Ihr habt keine Chance gegen mich“, erklang erneut Susans Stimme. „Euer Leben liegt in meiner Hand. Und ihr könnt eure Haut retten, wenn ihr wollt. Wenn nicht, dann habt ihr noch genau drei Tage Zeit.“

Die Knickerbocker spürten, wie sie der Schreck völlig lähmte. Gab es tatsächlich keinen Ausweg? Noch saß die Ärztin in der Kabine. Noch konnten sie ihren Plan wahr machen und zum Hafen zurückfahren und dort die Polizei alarmieren. Noch konnten sie die Behörden auf die geheimnisvolle Scheune in der Wildnis aufmerksam machen.

„Ich … ich glaube … wir … wir haben keine andere Chance!“, begann Lieselotte, die normalerweise nicht so leicht verzagte. Diesmal schien alles schief zu laufen. Ihre Gegner waren stärker als alle dunklen Mächte, mit denen sie je zu tun gehabt hatten. „Wieso habe ich unbedingt diesen blöden Holzschuppen unter die Lupe nehmen müssen!“, fluchte sie vor sich hin. „Dadurch habe ich uns alle in Lebensgefahr gebracht.“

„Von den drei Tagen, die euch verbleiben, sind bereits wieder zehn Minuten vergangen“, rief Susan Gordon aus der Kajüte.

Axel nahm daraufhin ein Messer und schnitt das Seil durch, das sie zwischen den Türen gespannt hatten. Der Knauf wurde von innen gedreht und Dr. Gordon trat heraus. Sie wirkte kein bisschen aufgeregt. Ganz im Gegenteil. Ihr gebräuntes, volles Gesicht war völlig entspannt. „Brav, sehr brav!“, lobte sie. „Und ab jetzt geschieht nur noch das, was ich euch sage. Wer nicht gehorcht, wird nicht geheilt. Wer mich ärgert, erlebt soeben die letzten Tage seines Daseins. Ich will euch nicht drohen, aber nur ein falscher Schritt, eine falsche Bewegung, ein falsches Wort, und ich werde vergessen, wie ich euch retten kann.“

Tage des Schweigens

Die Rückreise dauerte diesmal nur einen Tag. Es war ein Höllentrip, bei dem die Knickerbocker-Bande nur dreimal für wenige Minuten aus dem Flugzeug durfte. Zu der Hitze, der stickigen Luft und dem dauernden Lärm des Propellers kam die grauenhafte Angst, die in ihnen wühlte. Poppi, die neben Lieselotte saß, formte mit den Fingern Buchstaben und fragte ihre Freundin auf diese Weise: „Hast du irgendeine Idee?“ Lilo schüttelte stumm den Kopf. Sie hatte keine Ahnung, warum sich Dr. Gordon so aufführte. Es war anzunehmen, dass sie eine ganze Menge zu verheimlichen hatte, aber mehr wusste Lieselotte auch nicht.

Die Ankunft auf der Farm der Hagmans verlief seltsam. Susan hatte den Knickerbockern eingeschärft, dass sie so tun müssten, als wäre es ihr Wunsch gewesen, zur Farm zurückzukehren. Lilo musste sich sogar bei Arthur entschuldigen.

„Aber … aber was … werden Sie machen?“, fragte Dominik.

„Ich werde wieder meiner Arbeit nachgehen, mein Junge!“, antwortete Susan seelenruhig.

„Und … und … der Virus in uns?“

Dr. Gordon grinste und es war ein teuflisches Grinsen. Sie schien sich an der Verzweiflung der Bande zu weiden. „Vielleicht bin ich in zwei Tagen wieder da, um euch zu heilen. Vorausgesetzt, ich höre bis dahin keine Klagen!“

Niedergeschlagen marschierten die vier in das Zimmer, das sie schon einmal bewohnt hatten. Sie ließen sich auf die Matratzen sinken und starrten in die Luft.

„Und … was … was jetzt?“, begann Axel. „Sollen wir jetzt einfach nur so herumliegen und die Zeit vergehen lassen?“

Poppi schluckte und würgte unter Tränen hervor: „Axel … was bleibt uns anderes übrig? … Wir sind eigentlich … sehr krank … sehr … !“

Dominik beunruhigte auch ein weiterer Verdacht. „Und wir sind von Feinden umgeben! Wir können hier keinem trauen. Ist euch schon einmal die Idee gekommen, dass die gesamte Familie Hagman mit Dr. Gordon unter einer Decke stecken könnte?“

Lieselotte hielt das für äußerst unwahrscheinlich. „Margaret ist viel zu nett dafür. Nie im Leben hat die etwas mit den Gaunereien zu tun, die diese Dr. Gordon betreibt. Und Sara schafft es nicht einmal, einen Kirschenkern geradeaus zu spucken. Nein, der einzige Verdächtige ist Arthur.“

Die Zimmertür wurde geöffnet, und Margaret trat ein. „Na, was ist los mit euch? Ihr wirkt so bedrückt? War die Reise nicht schön? Ihr wolltet doch wieder herkommen, und ich muss sagen, ich habe mich sehr darüber gefreut.“

Axel, Lilo, Poppi und Dominik nickten artig. „Wir auch!“, logen sie im Chor.

„Dann macht nicht so lange Gesichter. Ich werde uns etwas besonders Gutes kochen. Oder noch besser, wir grillen im Freien. Das macht Sara immer großen Spaß!“ Frau Hagman musterte die Bande eindringlich. „Gibt es wirklich nichts, was ihr mir erzählen wollt?“, forschte sie weiter.

„Ja, wir …“, begann Poppi, aber Dominik schnitt ihr das Wort ab. „Ja, wir sind sehr müde und erschöpft!“, sagte er grinsend.

Margaret machte ein nachdenkliches Gesicht und sagte schließlich: „Aha … gut! Wenn ihr mir was erzählen wollt, könnt ihr dennoch jederzeit zu mir kommen. In einer Stunde gibt es Abendessen, einverstanden?“

Die Juniordetektive rangen sich ein Lächeln ab und riefen: „Jaaa!“

Die Zeit, die nun begann, war der totale Horror. Selbst Dominik, dem das Schauspielern sonst sehr leicht fiel, fühlte sich überfordert. Die vier mussten allen etwas vorspielen und durften nicht mit der Wahrheit herausrücken. Dazu kam die Angst vor der drohenden Krankheit. Der nächste Tag, es war ein Mittwoch, verging nur sehr langsam. Die Knickerbocker schlichen wie Jammergestalten auf der Farm umher. Sie waren so artig und brav, dass es schon fast wehtat.

Für Axel kam ein weiteres Problem hinzu. Es hieß Sara. Das jüngste Mitglied der Hagman-Familie bestand nämlich darauf, Axel ihre Dankbarkeit zu erweisen. „Du hast mich gerettet, deshalb muss ich dir zeigen, was ich für dich empfinde.“

Axel schnitt eine Grimasse und brummte: „Du hast wohl zu viele Schnulzen im Fernsehen gesehen. Lass mich in Frieden!“

Aber das Mädchen ließ sich nicht abschütteln. „Ich werde alles für dich tun, was du wünschst!“

„Ja? Dann kriech in den nächsten Termitenhügel!“

Sara brachte diese Grobheit nicht aus der Ruhe. „Termiten fressen keine Menschen, das solltest du wissen! Sie ernähren sich von Holz", erwiderte sie schnippisch.

„Dein Holzkopf wird ihnen also bestimmt schmecken!", patzte Axel zurück.

Sara standen Tränen in den Augen. „Du hast so viel für mich getan, und jetzt, wo ich mich dafür bedanken will, bist du so gemein!"

Lieselotte bekam fast Mitleid mit ihr. „Axel hat das nicht so gemeint!", versuchte sie zu vermitteln.

Sara drehte sich trotzig um und stapfte in Richtung Haus. „Ich … ich … brauche euch ohnehin nicht. Ihr seid mir viel zu blöde. Ich habe jetzt Schulstunde. Also wehe, ihr stört mich!"

Die vier Knickerbocker dachten nicht im Traum daran, sie zu stören. Sollte sie doch machen, was sie wollte.

„Wie spät ist es?", fragte Poppi.

„Kurz nach zwölf!", antwortete Dominik. Im nächsten Augenblick stutzte er. Es war bereits Mittag! „Sara hat doch immer am Vormittag Unterricht. Sie sitzt von neun bis elf Uhr am Funkgerät und redet mit ihrer Funklehrerin und den anderen Schülern. Muss sie heute nachsitzen?"

„Spinnst du jetzt komplett, oder schnappst du erst morgen über?", fragte Axel. „Sara hat heute eben Nachmittagsunterricht, wo liegt das Problem? Oder willst du behaupten, dass sie mit Dr. Gordon gemeinsame Sache macht?"

Lilo mischte sich ein und versuchte Frieden zu stiften. „He, regt euch ab, wir sind alle völlig genervt, und deshalb flippt jeder gleich aus. Ich mache euch einen Vorschlag: Wir trennen uns für ein paar Stunden. Sagen wir bis drei Uhr. Jeder macht das, was er will, und dann treffen wir uns wieder in der Küche. Okay?“ Die anderen waren einverstanden.

Dominik ärgerte sich, dass Axel ihn als Dummkopf hingestellt hatte. Aus diesem Grund beschloss er, Sara einen kleinen Besuch abzustatten. Was sollte schon geschehen? Sie konnte höchstens einen ihrer überdrehten Schreikrämpfe bekommen. Das würde er aushalten.

Der Juniordetektiv schlich zum Zimmer des Mädchens und stellte fest, dass die Tür verschlossen war. Er wusste, dass sich das große, altmodische Funkgerät in Saras Zimmer befand. Also musste sie auch hier sein. Dominik presste sein Ohr gegen das Holz und versuchte, etwas zu hören, allerdings mit wenig Erfolg. Er rannte in die Küche und holte ein einfaches Wasserglas. Ein alter Knickerbocker-Trick: Er legte die Öffnung an das Holz und das Ohr an den Glasboden. Jetzt wirkte das Glas wie eine Art Verstärker, und er vernahm eine sehr leise Stimme im Raum. Allerdings war sie laut genug, dass er verstehen konnte, was sie sagte, und das ließ ihn aufhorchen.

Lauschposten Toilette

Das wichtigste Wort in dem Gespräch lautete „Susan“. Sara wiederholte es einige Male. Sie sprach schnell, und Dominik bekam nur einen kleinen Teil der Funkunterhaltung mit. Es gab allerdings keinen Zweifel, dass das Mädchen mit einer Susan redete, und es war zu 99 Prozent sicher, dass es sich um Dr. Susan Gordon handelte.

„Ich kann sie nicht die ganze Zeit überwachen ... nervös ... lassen sie mich nicht ... Sie sind sehr still ... Ich werde es ausrichten!“ So lauteten die Gesprächsfetzen, die der Knickerbocker auffangen konnte. Auf Zehenspitzen machte er sich davon, damit Sara ihn nicht entdeckte. Es war unfassbar!

Das Mädchen hatte natürlich keinen Funkunterricht. Genau, wie er angenommen hatte! Sara steckte mit Dr. Gordon unter einer Decke und sollte die Bande überwachen! Damit hätte der Juniordetektiv eigentlich nie gerechnet. Er sah auch keinen Zusammenhang. Dominik lief treppauf und treppab durch das Haus, drehte eine Runde um das Farmgelände und suchte nach seinen Freunden. Aber er fand nur Poppi, und ihr allein wollte er die wahnsinnige Neuigkeit nicht erzählen. Er musste sich bis drei Uhr gedulden und konnte erst dann einen Knickerbocker-Rat einberufen.

Ziemlich überrascht folgten ihm seine Freunde in das gemeinsame Zimmer. „He, ich habe Hunger, ich will etwas essen“, beschwerte sich Axel, den man aus der Küche geholt hatte.

„Der Hunger wird dir gleich vergehen“, verkündete

Dominik. Leise, so leise, wie nur überhaupt möglich, erzählte er, was er belauscht hatte. Schon nach den ersten Sätzen holte Lieselotte ein altes Radio und drehte die Musik voll auf. Jetzt konnten sie sicher sein, dass keiner von draußen mithören konnte.

„Aber wieso Sara? Was hat die damit zu tun?“, fragte Axel aufgeregt.

„Sie macht also gemeinsame Sache mit ihrem Vater“, sagte Lieselotte. „Anders kann ich mir das nicht erklären. Allerdings wird die Geschichte für mich immer rätselhafter. Hier spielen uns offenbar alle etwas vor.“

„Und was tun wir jetzt?“, fragte Poppi.

„Wir halten Augen und Ohren offen, was anderes bleibt uns ohnehin nicht übrig. Ich meine, wir könnten uns Sara vorknöpfen, aber wer weiß, was Dr. Gordon dann wieder tut? Vielleicht lässt sie uns dann … also vielleicht gibt sie uns dann das Mittel nicht, mit dem wir den Virus bekämpfen können.“

So zu tun, als wäre nichts geschehen, war überhaupt am schwierigsten. Axel brachte für die Beobachtungen und unauffälligen Nachforschungen der Bande sogar das Opfer, mit Sara ein wenig zu reden. Sie schien darüber äußerst entzückt, allerdings war aus ihr nichts herauszukitzeln. Dafür versuchte die kleine Spionin, immer wieder bei Axel nachzubohren, was die Knickerbocker dachten und erlebt hatten. Doch da hatte sie keinen Erfolg – der Junge schwieg wie ein Stein. So schlau wie du bin ich schon lange, blöde Pute!, dachte er und strahlte Sara mit seinem schönsten Zahnpastalächeln an.

Es war bereits kurz nach acht Uhr abends, als das Ambulanzflugzeug von Susan Gordon am Himmel auftauchte und gleich darauf landete. Die junge Ärztin stieg aus und kam fröhlich auf das Farmhaus zu.

„Guten Abend allerseits! Wie ist das werte Befinden?“, grüßte sie.

Die Hagmans winkten ihr zu und schienen über den Besuch ein wenig überrascht zu sein. „Uns geht es gut, oder behauptet jemand das Gegenteil?“, meinte Margaret.

„Ich glaube, ich sollte Arthur noch einmal den Blutdruck messen. Er hält mich zwar noch immer für eine Quacksalberin, aber trotzdem werde ich ihm beweisen, dass er ein wenig mehr auf seine Gesundheit achten muss. Außerdem wollte ich die Wunden von Poppi und Axel versorgen. Sie haben beim Tauchen Seeanemonen gestreift, und die Nesseln haben ihnen die Haut am Bauch ziemlich verbrannt.“

Margaret Hagman lächelte freundlich. „Vielen Dank, Susan, du bist wirklich sehr fürsorglich. Für mich ist das eine große Beruhigung!“

Den vier Knickerbocker-Freunden wurde bei all diesen Lügen fast schlecht. Arme Margaret, wenn sie wüsste, welch böses Spiel da getrieben wurde!

„Ich … ich gehe in unser Zimmer“, verkündete Lieselotte. Die anderen schlossen sich ihr an.

„In zehn Minuten kümmere ich mich um euch, aber zuerst ist Arthur dran!“, rief ihnen die „fliegende Ärztin“ nach und lächelte zuckersüß.

Dominik überkam auf dem Weg das dringende Bedürfnis, der Toilette einen Besuch abzustatten. „Ich folge euch in Kürze!“, sagte er in seiner hoch geschraubten Sprechweise und verschwand hinter einer rot gestrichenen Tür. Während er so dasaß und vor sich hin starrte, drangen durch die winzige Luke über seinem Kopf verschiedene Geräusche von draußen herein. Die Hunde bellten wieder laut, die Ziegen meckerten, Fliegen brummten, und jemand ging auf dem Platz hinter dem Haus auf und ab. Es waren knirschende Schritte, die plötzlich verstummten. Dafür ertönten andere Schritte, die sich näherten. Der Junge hielt die Luft an.

„Es wird alles klappen, keine Sorge!“, flüsterte eine Stimme, die er kannte. Sie gehörte Susan Gordon. „Die vier haben wir unter Kontrolle. Sie haben die Story mit dem Virus geschluckt und halten still … Keine Panik, Arthur, natürlich habe ich nichts getan! Die toten Fische waren ein Trick. Die vier sind kerngesund. Du machst alles weiter wie bisher. Den Rest überlass mir!“

Dominik war zur Statue erstarrt und hatte große Angst, sich zu verraten. Dr. Gordon und Herr Hagman durften unter keinen Umständen mitbekommen, dass er alles gehört hatte. Dabei hätte der Junge am liebsten einen Freudensprung gemacht. Er war gesund und musste nicht mehr um sein Leben fürchten. Der Knickerbocker konnte es kaum erwarten, den anderen die freudige Nachricht zu überbringen. Er zählte bis 500, und da von draußen weder Stimmen noch Schritte zu hören waren, wusste er, dass die Luft rein war. Er betätigte die Spülung und flitzte in das Zimmer, wo die anderen schon auf ihn warteten.

„Ist … ist was? Bist du schon krank?“, fragte Poppi besorgt.

Dominik schüttelte den Kopf. Er wollte gerade den Mund aufmachen, um seinen Freunden die tolle Neuigkeit zu erzählen, als die Tür geöffnet wurde und Dr.

Gordon eintrat. „Seid ihr schön brav und schweigt wie verabredet?“, erkundigte sie sich. Die vier nickten. „Gut so! Morgen komme ich wieder und bringe euch Tabletten. Ihr werdet sie nehmen und nichts spüren. Die Wirkung hält drei Tage an, nicht länger. Die Gefahr ist dann noch nicht gebannt, daran solltet ihr immer denken!“ Axel, Lilo und Poppi blickten Susan mit großen, entsetzten Augen an. Dominik spielte den Geängstigten. „Also dann … bis bald!“, verabschiedete sich die Ärztin und ging.

Eine halbe Stunde später dröhnte ihr Flugzeug über die Farm hinweg. Endlich! Dominik platzte fast. „Hört zu … das ist alles gelogen! Ich habe von der Toilette aus belauscht, wie Susan mit Arthur gesprochen hat. Sie hat uns betrogen, damit wir stillhalten. Es gibt den Virus gar nicht. Alles Schwindel. Wir sind kerngesund!“

Lilo und die anderen fragten mindestens siebenmal, ob sich Dominik auch sicher war. Danach brachen sie in Jubelgeschrei aus und tanzten vor Freude durch das Zimmer.

„Und was machen wir jetzt?“, fragte Poppi.

Lieselotte hatte einen Plan. „Wir werden Sara aus ihrem Zimmer locken und uns mit dem Funkgerät beschäftigen. Wir müssen einen Hilferuf losschicken, damit jemand kommt und uns von hier wegbringt.“ Das Superhirn blickte Axel flehend an.

„Was … ? Heißt das … ich … ich muss Sara weglocken?“, fragte Axel empört.

Poppi, Dominik und Lilo nickten.

Der Knickerbocker verdrehte die Augen. „Das ist Folter! Absolute Horror-Folter!“

Poppi grinste von einem Ohr zum anderen und feixte: „Aber sie steht nun einmal auf dich, Axel!“

Dominik war durch die guten Nachrichten regelrecht übermütig geworden und wisperte: „Vielleicht musst du sie sogar küssen. Aber ein guter Detektiv tut alles, wenn es um die Lösung eines Falles geht!“

Axel wischte sich angewidert über den Mund. „Küssen, du spinnst ja! Eher küsse ich ein Stinktier und setze mich dabei auf ein Stachelschwein. Nein, ich … ich gehe mit ihr nur ein bisschen … im Mondenschein spazieren!“ Die letzten Worte flötete der Junge romantisch und alle brachen in fröhliches Gelächter aus.

Die Knickerbocker-Bande hatte wieder die Oberhand gewonnen und würde dem schrecklichen Spiel hier im Busch ein schnelles Ende setzen. Axel machte sich an die Arbeit.

Flucht

Sara schmolz dahin, als Axel sie zu einem Spaziergang im Mondenschein einlud. „Weißt du … also heute Mittag … da … da war ich so missmutig, weil meine Freunde dabei waren. Nur deshalb. Doch jetzt können wir allein sein!“, sagte er zu ihr. Das Mädchen kicherte verschämt. Wenn du wüsstest, dass ich dich für einen widerlichen Pickelhering halte, dachte Axel und kicherte ebenfalls. Ob Dr. Gordon vorhin mit Sara gesprochen hatte? Aber wieso steckte eine verbrecherische Ärztin mit einem zwölfjährigen Mädchen unter einer Decke? Was konnten die gemeinsam planen? „Sag, wie lange kennst du Dr. Gordon schon?“, fragte Axel.

„Na ja, seit zwei Jahren … da ist sie in diese Gegend gekommen“, erzählte Sara bereitwillig. „Wieso fragst du?“

Der Knickerbocker log ein bisschen herum, von wegen tolle Frau und beeindruckender Beruf. Schließlich schaffte er es sogar, einen Arm um Saras Schultern zu legen, was ihn besonders viel Überwindungskraft kostete. Er tat es auch nur, um sie von der Farm wegzulocken. Sie musste unbedingt mit ihm hinter das Haus kommen, denn die Fenster ihres Zimmers gingen auf das Gelände vor der Farm. Sara durfte unter keinen Umständen mitbekommen, dass seine Freunde sich am Funkgerät zu schaffen machten. „Komm dort zum Zaun!“, hauchte Axel ihr ins Ohr. Er hatte das in einigen Filmen gesehen, und da hatte diese Taktik ihre Wirkung nie verfehlt.

Es wirkte auch bei Sara. Das Mädchen schmiegte sich an ihn und schlenderte selig neben ihm her. Ob die das tut, weil sie irgendwie in mich verknallt ist? Oder versucht sie auch nur, mich auszuhorchen?, überlegte Axel. Er bekam schon bald eine Antwort.

Als sie am Zaun, der die Farm gegen wilde Tiere abgrenzte, angekommen waren flüsterte Sara plötzlich: „Ich … ich bin noch nie von einem Jungen geküsst worden."

Axels Gedanke lautete sofort: Warum soll ausgerechnet ich der Erste sein? Ich will nicht! Sara lehnte sich erwartungsvoll gegen ihn und lächelte. Offenbar hatte sie ihre Aufgabe vergessen, die Knickerbocker zu überwachen. Sie war tatsächlich total in Axel verknallt. Als ihr Schwarm aber zögerte, sagte sie: „Ich … ich hole uns etwas zu trinken."

Bei dem Knickerbocker klingelten alle Alarmglocken: „Nein, nicht in die Küche … sonst … sonst schickt dich deine Mum ins Bett!"

„Ich muss nicht in die Küche. Ich habe ein Geheimversteck, wo ich meine Schätze aufbewahre. Ich habe nämlich ein Lieblingsgetränk, das ich mir von meinem Taschengeld kaufe. Mum kann es nicht ausstehen, deshalb verstecke ich es immer!"

Axel brachte ein „Aha!" hervor. Er war sicher, dass Saras Geheimversteck irgendwo bei den Hunden oder hinter dem Haus war.

„Bin gleich wieder da!" Das Mädchen lief los, und Axel atmete erleichert auf. Der Schmuserei bin ich ja gerade noch entgangen!, dachte er.

In Saras Zimmer hockten Dominik, Poppi und Lieselotte vor dem großen Funkkasten und betrachteten

die Schalter und Knöpfe. „Habt ihr die leiseste Ahnung, wie wir das Ding in Gang bekommen?“, fragte Lieselotte.

Dominik drückte auf den ON-Knopf und die Anzeigen und Kontrolllämpchen leuchteten auf. „Das ist am einfachsten!“, sagte er. „Schwieriger ist es, den richtigen Kanal zu finden. Wir laufen nämlich Gefahr, Dr. Gordon anzufunken oder die Lehrerin. Das sind die falschen Empfänger.“

Lilo entdeckte einen Knopf, der sich nach beiden Seiten drehen ließ.

Das war’s!

Wie bei einem Radio konnte man die verschiedenen Wellenlängen einstellen. Vielleicht hatten sie Glück und es meldete sich jemand. Das Superhirn drehte ganz langsam und hielt dabei einen Kopfhörer ans Ohr gepresst. Dominik lauschte am anderen. „Vielleicht geben wir auch einfach nur einen SOS-Ruf durch und warten, was geschieht!“, schlug er vor. Doch das hielt Lieselotte für zu gefährlich. Sie entdeckte ein altmodisches Standmikrofon auf dem Tisch und zog es nahe an sich heran. „Ich probiere etwas“, sagte sie und wiederholte während der Sendersuche immer wieder Folgendes: „Hallo … hallo, wer mich hört, soll sich bitte melden. Ich rufe alle, die mich empfangen können!“ Im Funken waren die Knickerbocker ziemlich unerfahren. Das war jetzt ein großer Nachteil für sie. „Hallo, hallo, ist da jemand?“, gab das Superhirn immer wieder durch.

„Was tut ihr da?“, zischte plötzlich eine Stimme hinter ihnen. Sie drehten sich um und sahen Sara in der Tür stehen.

„Verdammt, wieso hat Axel sie laufen lassen?", rief Poppi. „Sie wird uns verraten!"

Sara wollte sich umdrehen und weglaufen, aber Lieselotte ließ es nicht dazu kommen. Sie stürzte sich mit einem Sprung auf Sara und legte ihr die Hand auf den Mund. Sara zögerte keine Sekunde und biss herzhaft zu. Lilo stöhnte auf, zog die Hand aber nicht zurück. Ganz im Gegenteil: Sie hielt dem Mädchen jetzt auch noch die Nase zu, sodass es nicht mehr atmen konnte und nachgeben musste. „Los, schnell … wir müssen sie knebeln und fesseln", flüsterte Lilo ihren Freunden zu.

Poppi und Dominik waren noch starr vor Schreck und reagierten erst, als das Oberhaupt der Bande bereits ziemlich wütend war. „Jetzt zischt endlich ab und holt was, womit wir sie fesseln können!", sagte sie. Poppi sprang sofort zu Saras Kleiderschrank und durchwühlte die Fächer. Sie holte ein Tuch heraus, mit dem das Mädchen augenblicklich geknebelt wurde. Als Fesseln dienten die Gürtel eines Morgenmantels und eines Kleides. Die drei Juniordetektive legten das jüngste Mitglied der Familie Hagman ins Bett und deckten es zu. Zur Sicherheit banden sie Sara auch noch an der Matratze fest, damit sie auch bestimmt nicht Alarm schlagen konnte. „Die wird uns nicht verraten!", sagte Lieselotte zufrieden.

„Und was machen wir jetzt?", fragte Dominik.

„Wir … wir hauen ab … das ist unsere einzige Chance", antwortete Lieselotte. „Ich packe unsere Sachen, und dann nichts wie weg! Poppi, such Axel! Vielleicht hat Sara ihm etwas angetan. Wir dürfen keine Zeit verlieren. Bestimmt sind uns in Kürze Arthur und Susan auf den Fersen. Aber das ist gut so!"

Dominik und Poppi verstanden zwar kein Wort, beschlossen aber, nicht lange zu fragen.

Als Poppi mit dem völlig verdutzten Axel zurückkehrte, hatte Lilo mit Dominiks Hilfe bereits alle Rucksäcke gepackt. „Ich dachte sie hat ein Geheimversteck draußen … ich wusste nicht, dass sie in ihr Zimmer geht … Und sie wollte mich die ganze Zeit küssen …“, stotterte Axel.

„Vergiss es“, unterbrach ihn Lieselotte. „Es gibt jetzt Wichtigeres!“

Axel war mit der Fluchtidee allerdings nicht einverstanden. „He … Lieselotte … das kannst du nicht machen! Da draußen ist Wildnis. Wir können umkommen.“

Lilo funkelte ihn an. „Und hier lauern Feinde, die vor nichts zurückschrecken. Möchtest du noch einmal mit Susan in Kontakt kommen? Oder denkst du, dass Arthur Hagman, der zweifellos etwas zu verbergen hat, zimperlich mit uns umgehen wird?“

„Aber was ist mit Margaret? Warum reden wir nicht mit ihr?“, fragte Poppi.

„Daran habe ich bereits gedacht“, sagte Lieselotte. „Ich bin mir ziemlich sicher, dass sie von den Machenschaften ihres Mannes und der Ärztin keine Ahnung hat. Deshalb habe ich ihr eine Nachricht hinterlassen. In der Küche. Im Kühlschrank, denn dort schaut nur sie hinein. Ich habe ihr geschrieben, was los ist und dass sie uns Hilfe schicken soll. Wir verstecken uns, und wer auch immer kommt, um uns zu retten, muss entweder den Satz sagen ‚Es gibt keine Kängurus in Austria‘ oder uns ein Zeichen geben, das aus drei langen, zwei kurzen und noch einem langen Signal besteht. Das kann ein Lichtzeichen, ein Klopfzeichen oder ein Sirenenzeichen sein. Ich weiß, dass sie etwas unternehmen wird und wir Hilfe bekommen werden. Jedenfalls hoffe ich das!“

Die Knickerbocker stimmten Lieselottes Plan zu. Es blieb ihnen auch nicht viel anderes übrig. Sie schulterten die Rucksäcke und rannten hinaus in die Nacht. Hastig kletterten sie über den Zaun und verschwanden in der Dunkelheit. Hinter ihnen tobten die Hunde in ihren Zwingern. Im Farmhaus aber blieb es ruhig. Kein Licht leuchtete hinter den Fenstern auf. Die Farmer gingen früh zu Bett und schliefen offenbar gut. Mr Hagman schien nichts bemerkt zu haben. Das war im Augenblick auch am wichtigsten.

Gefahren in der Wildnis

Nachdem sie etwa 20 Minuten von der Farm weggelaufen waren, drehten sich die Knickerbocker zum ersten Mal um und sahen, dass das Gelände bereits aus ihrem Blickfeld verschwunden war. Erleichtert atmeten sie auf.

„Und wohin wollen wir?“, fragte Axel. „Ich meine, wo werden wir übernachten?“

Auch darüber hatte Lieselotte sich bereits den Kopf zerbrochen. „Erinnert ihr euch an den ersten Tag, den wir hier verbracht haben? Da ist Arthur mit uns ziemlich weit von der Farm weggefahren … zu diesem kleinen See, neben dem sich ein kleiner Berg erhebt. Dort gibt es Höhlen, in denen wir sicher wären …“

Poppi und Dominik glaubten nicht daran, dass sie den See in der Dunkelheit finden würden. Aber wie auf Befehl tauchte der runde Mond hinter einer Wolke hervor und schickte sein silbriges Licht auf die Landschaft herab. Mit Hilfe ihrer Taschenlampe konnten sich die vier nun halbwegs zurechtfinden. „Wir müssen nach Nordwesten“, sagte Lieselotte.

Axel nahm sein Taschenmesser aus dem Rucksack. Auf dem Griff des Messers war ein Kompass. Der Knickerbocker stellte in Kürze fest, welche Richtung sie einschlagen mussten. Es war kurz nach 22 Uhr, und die Bande stellte sich auf mindestens zwei, wahrscheinlich sogar drei Stunden Fußmarsch ein. Bald mussten sie diese Schätzung allerdings berichtigen. Es würde viel länger dauern. Im Jeep war den Knickerbocker-Freunden nämlich nicht aufgefallen, wie holprig das Land war. Alle paar Meter klaffte ein Dürrespalt im Boden, ragte ein Termitenhügel empor, rankte Dornengestrüpp über den Weg. Das Vorwärtskommen war mühsam und äußerst anstrengend. Nachdem sie ungefähr zwei Stunden gegangen waren, ertönte plötzlich das Bellen und Heulen von Hunden. „Arthur ist hinter uns her!“, sagte Dominik erschrocken. „Er hat die Hunde losgelassen!“

Poppi winkte ab. „Nein ... das sind ... Dingos ... Wildhunde. Die sind jetzt auf der Jagd!“

Irgendwo raschelte es heftig im Gebüsch. Die vier Freunde schrien auf und rannten blindlings los. Hinter ihnen wurden laute, klopfende Sprünge hörbar. „He, regt euch ab, das war nur ein Känguru!“, rief Lieselotte und blieb wieder stehen. Im Schein ihrer Taschenlampe suchte ein mindestens ein Meter großes Känguru aufgeregt das Weite.

„Und diese ... Dingos ... ich meine ... was jagen die?“, fragte Dominik.

„Tiere natürlich!“, antwortete Poppi. „Was sonst? Aber ich glaube nicht, dass sie uns für Beute halten!“

Axel wollte es genauer wissen: „Glaubst du es, oder bist du dir da sicher?“

Poppi schwieg. Das Heulen und Bellen wurde lauter. Die Dingos schienen die Bande gewittert zu haben und näher zu kommen. Abermals raschelte es in einem Gebüsch, und drei weitere Kängurus sprangen auf und flohen in die Nacht. Die Knickerbocker drängten sich aneinander. „Ich gebe zu, ich habe die Hosen gestrichen voll!“, gestand Dominik. „Ich habe Angst hier in der Wildnis. Überall lauern wilde Tiere und vielleicht gibt es sogar Schlangen.“ Davor fürchtete er sich besonders.

Es war nicht zu überhören: Die Dingos rückten schnell näher. Lilo hatte das Gefühl, dass rund um sie eine gewisse Unruhe ausbrach. Tiere flüchteten und brachten sich in Sicherheit. „Wie weit … ist es noch bis zu den Höhlen?“, fragte Poppi. Niemand wusste die Antwort. Sie konnten schon einige hundert Meter vor ihnen liegen oder aber auch noch zwei oder drei Kilometer entfernt sein.

Sie befanden sich in einem kleinen Wäldchen, das aus trockenen Bäumen und Buschwerk bestand. „Passt auf … wir … wir übernachten oben in den Bäumen“, entschied Lilo. „Dort sind wir am sichersten. Hat jemand etwas dagegen?“ Niemand meldete sich.

Axel und Lieselotte halfen ihren Freunden auf hohe Äste und suchten sich dann selbst ein halbwegs bequemes Versteck für die Nacht.

„Aber einschlafen dürfen wir nicht, sonst fallen wir runter!“, jammerte Poppi.

„Nein, rück ganz nahe an den Baumstamm heran“, riet ihr Axel, „und dann binde dich mit deinem Pulli an den Stamm. Aber ganz fest. Ich habe die Träger meines Rucksacks verlängert und ihn wieder auf den Rücken genommen. Aber so, dass der Stamm dazwischen ist. Jetzt kann ich nicht hinunterfallen.“

Alle versuchten es Axel gleichzutun. „Wir müssen uns ein bisschen ausruhen, denn wenn die Sonne aufgeht, laufen wir weiter. Dr. Gordon sucht uns bestimmt von der Luft aus, und nur in den Höhlen sind wir sicher“, sagte Lieselotte zu ihren Freunden. „Na ja … also … gute Nacht und denkt daran, dass wir es fast geschafft haben! Wir lassen nicht locker, denn wir sind Knickerbocker!“

„Hoffentlich haben die Dingos nicht auch so ein Motto“, brummte Axel.

Die vier lauschten noch lange in die Nacht hinaus. Das Heulen und Bellen der Wildhunde verklang nach einer Weile in der Ferne. Die Dingos schienen jenseits der Hügel auf Jagd gegangen zu sein. Schließlich kam die Knickerbocker-Bande doch noch zu etwas Schlaf.

Schon bei der ersten Morgenröte wurden sie allerdings wach. Als sie sich streckten, merkten sie, wie ihre Arme und Beine von der ungemütlichen Schlafhaltung schmerzten. Ihre Hinterteile waren fast gefühllos. „Morgen“, krächzte Lieselotte und rieb sich die Augen. „Kommt ... kein Jammern, sondern gleich weiter!“

Die Knickerbocker banden sich los und kletterten zu Boden. Sie drehten sich einmal im Kreis, um sich einen Überblick zu verschaffen, wo sie überhaupt waren. „He ... der Berg ... wir sind schon nahe dran!“, rief Lieselotte erleichtert. Tatsächlich erhob sich am Horizont eine braunrote Zacke aus dem Boden, die sehr nach einem Berg aussah. Das Wort „nah“ hatte in Australien allerdings eine besondere Bedeutung. Nah war hier, was zu Hause in weiter Ferne lag. Um sich Mut zu machen, dachten die Juniordetektive aber nur an die australische Bedeutung des Wortes und trotteten los.

„Denkst du wirklich, dass Margaret etwas unternehmen wird?“, fragte Axel Lieselotte leise.

„Ich ... ich hoffe es“, antwortete Lilo. „Aber wenn nicht ... der nächste Farmer ist ungefähr 120 Kilometer entfernt ... das heißt ... wenn wir jeden Tag 20 Kilometer zurücklegen, sind wir in sechs Tagen dort.“

Axel schüttelte den Kopf. „Du spinnst! Wie willst du ihn denn finden?“

„Hör auf. Wir dürfen uns nicht selbst fertig machen!“, sagte Lilo leise. „Wir müssen jetzt zusammenhalten. Sonst … sonst ist es aus.“

Axel war mit den letzten Entscheidungen des Superhirns nicht einverstanden. „Wir hätten nicht sofort wegrennen dürfen, sondern noch einmal versuchen sollen Funkkontakt zu bekommen. Außerdem war es schon auf dem Schiff falsch, die doofe Tussi aus der Kabine zu lassen. Wir hätten in den Hafen fahren und die Polizei alarmieren sollen. Ein guter Arzt hätte bestimmt erkannt, dass wir gar nichts haben“, begann er mit seiner langen Liste von Vorwürfen.

Lilo holte aus, um ihm eine Ohrfeige zu versetzen, ließ die Hand dann aber wieder sinken. „Du bist ein Idiot!“, zischte sie. „Schlau sein im Nachhinein ist kein Kunststück!“

Früher als erwartet erreichten die vier den See. Im Licht der aufgehenden Sonne strahlte die an seinem Ufer senkrecht in den Himmel ragende Wand des Berges wie Gold. Lieselotte zeigte auf dunkle Flecken am Fuße der Erhebung und meinte: „Das sind die Höhlen, in denen wir Unterschlupf finden.“

Vor ihrem Aufbruch hatte Dominik die Aufgabe gehabt, Essbares aus der Küche mitzunehmen und ihre Wasserflasche zu füllen. Die Flasche war mittlerweile leer, und als Lilo nun die Vorräte aus dem Rucksack nehmen wollte, konnte sie keine finden. „He, hat vielleicht einer von euch unseren Reiseproviant eingepackt?“, fragte sie.

Alle schüttelten den Kopf. „Dominik, du wolltest es doch bei mir verstauen …“

Dominik wurde knallrot bis hinter die Ohren und

schluckte heftig. „Ich … ich habe den Proviant in unserem Zimmer stehen lassen“, gestand er. „Ich wollte noch, aber … !“

Axel schrie: „Wieso habe ich nur so verblödete Freunde?“

Lieselotte versetzte ihm für diesen Ausruf einen heftigen Fußtritt, der den Jungen ins Wasser stolpern ließ. Er bemerkte vor lauter Wut nicht, dass sich unter der Oberfläche etwas bewegte. „Das tust du nicht noch einmal!“, rief er und wollte auf Lieselotte losgehen.

„He, hört auf! Es ist alles meine Schuld!“, versuchte Dominik sie zu beruhigen.

„Arthur hat doch gesagt, dass das ein Süßwassersee ist. Das bedeutet, wir können hier trinken. Der See ist auch bestimmt nicht verdreckt!“, meinte Poppi. Sie zog

Axel den Tragegurt der Wasserflasche vom Hals, öffnete sie und hockte sich an den Rand des Sees. Der Grund fiel ziemlich steil zur Mitte des Gewässers hin ab. Wer baden wollte, konnte höchstens zwei oder drei Schritte gehen und musste dann schwimmen, weil er keinen Boden mehr unter den Füßen hatte.

Poppi hielt die Wasserflasche in der Hand und streckte den Arm aus. Sie wollte nicht im flachen Wasser schöpfen, weil Axel ein wenig Sand aufgewirbelt hatte, den sie nicht unbedingt trinken musste. Als sie die Metallflasche ins Wasser tauchte, schoss plötzlich völlig unerwartet und blitzschnell ein riesiger grüner, schuppiger Schädel aus dem See und schnappte nach ihrer Hand. Poppi schrie wie am Spieß!

Ein mächtiges altes Süßwasserkrokodil war aufgetaucht und hatte nach seiner Beute geschnappt. Normalerweise kamen am Morgen Tiere zum See, um hier ihren Durst zu stillen. Diesmal schien es ein besonders saftiges Stück zu sein, das da erschienen war. Das Krokodil hatte bei seinem schnellen Angriff zu seinem Unglück aber nur die Wasserflasche erwischt und sich daran festgebissen. Poppis Hand war nichts geschehen, da sie die Flasche am hinteren Ende fest gehalten hatte. Aber das Tier riss und zerrte nun an dem Ding, das sich das Mädchen zur Sicherheit umgehängt hatte. Poppi wurde nach vorn gezogen und brüllte laut um Hilfe. Das Krokodil wollte sie ins Wasser zerren und dort verschlingen, wie es das mit jeder Beute tat.

Nach einer Schrecksekunde stürmten Axel, Lilo und Dominik los. Poppi stand bereits bis zu den Knien im Wasser und versuchte verzweifelt, am Ufer etwas zu fassen zu kriegen. Ihre Hände griffen dabei aber nur in trockenes Gras, das sofort samt Wurzeln aus der Erde kam. Das Krokodil ließ nicht locker, und der lederne Tragriemen schnitt in Poppis Nacken. Es war unmöglich, ihn über den Kopf des Mädchens zu bekommen, da das Tier viel zu kräftig daran zog.

Während Lieselotte und Dominik ihre Freundin an den Schultern fest hielten und sich gegen die gewaltige Kraft des Krokodils stemmten, versuchte Axel sein Taschenmesser zu finden. In seinem Rucksack war es nicht.

„Hosentasche!“, sagte Lilo keuchend. Ja, da war es! Axel klappte die größte Klinge heraus und begann mit zittrigen Fingern den Ledergurt durchzuschneiden. Da das Krokodil heftig zerrte, musste er höllisch Acht geben, dass er Poppi nicht verletzte. „Schnell … schnellllll!“ Das Mädchen rutschte immer weiter ins Wasser und würde bald keinen Grund mehr unter den Füßen haben.

Endlich schnalzte der Riemen auseinander und die beiden Enden klatschten ins Wasser. Das Krokodil war überrascht, doch es gab nicht auf, sondern schwamm ans Ufer, um sich einen der Knickerbocker zu schnappen.

„Weg … schnell!“, schrie Lieselotte, die Poppi an Land gezogen hatte und sie nun losließ, um schneller flüchten zu können. Das geschockte Mädchen stürzte und kam allein nicht mehr auf die Beine. Dominik war schon weitergelaufen, um sein Leben zu retten, und Axel reagierte in seiner Panik ebenso und ließ die Freundin im Stich.

Das Krokodil riss sein Maul weit auf, während es auf Poppi zusteuerte. Wie ein schwarzer Kugelblitz zischte etwas an Lieselottes rechtem Ohr vorbei und knallte auf den Kopf des Krokodils, das in der nächsten Sekunde bewegungslos am Ufer liegen blieb. Ein schwarzer Bumerang hatte Poppi im letzten Augenblick davor bewahrt, als Busch-Frühstück vernascht zu werden.

Lilo drehte sich um und erblickte den dunkelhäutigen Ureinwohner in Jeans, den sie vor fast einer Woche zum ersten Mal bei der Farm gesehen hatte. Er beachtete Lilo nicht, sondern rannte an ihr vorbei und hob Poppi vom Boden auf. Dann schnappte er seinen Bu-

merang und trug das Mädchen vom Krokodil weg, das verdächtig mit den Augen zuckte. Die drei anderen Knickerbocker folgten dem Mann. Als Axel sich umdrehte, sah er, wie das Krokodil sich wieder ins Wasser gleiten ließ.

Der Mann setzte Poppi ab und musterte sie von Kopf bis Fuß. Sein Gesicht war diesmal nicht mit weißen Linien bemalt. Er hatte eine sehr ausgeprägte Stirn, die sich über seinen Augenhöhlen wölbte. Sehr auffallend waren seine kräftigen Backenknochen und die breite Nase. Sein Haar war dunkel und stark gekräuselt. „Danke!", sagte Lieselotte langsam und verneigte sich. Sie hoffte, dass er das verstand. Poppi ließ sich zu Boden sinken und begann zu weinen. Das war kein Wunder, schließlich hatte sie in den vergangenen Sekunden Grauenhaftes durchgemacht. „Du bist an allem schuld ... du und deine blöde Neugier ... Warum hast du die Scheune untersuchen müssen?", schluchzte das Mädchen.

„Frag lieber den Typen, wieso er den komischen Bumerang geworfen hat! Das war bestimmt keine Weitwurfübung!", brauste Lilo auf. Sie wandte sich an den Ureinwohner und versuchte, sich ihm durch Gesten verständlich zu machen. „Wieso ... geworfen ... Bumerang ... auf Farm?" Beim Wort Bumerang ahmte sie die Wurfbewegung nach, und die Farm stellte sie mit gefalteten Händen dar, die das Dach symbolisieren sollten.

„Du kannst völlig normal mit mir reden. Ich spreche Englisch, Deutsch, Französisch und Spanisch!", antwortete der Mann.

„W ... w ... was ... wieso?", stammelte Axel überrascht.

„Weil ich kein Wilder bin, sondern zu jenen Ureinwohnern dieses Landes gehöre, die an der Universität studiert haben. Es sind nicht viele, die das tun, denn wir Aborigines sollen nach Meinung der weißen Leute dumm bleiben und keine Fragen stellen. Wie zum Beispiel die, wieso unser Land uns nicht mehr gehört und ein Farmer es um einen Pappenstiel kaufen kann. Hat der Weiße vielleicht den Beamten in der Grundstückbehörde bestochen?"

Axel verstand. „Hat Herr Hagman das getan?"

Der Ureinwohner nickte. „Ich bin sicher, dass er es getan hat, und er hat meinem Stamm das Gebiet weggenommen. Er hat uns brutal vertrieben, mit dem Gewehr und mit Drohungen. Ich habe es erlebt und Rache geschworen!"

Lieselotte horchte auf. „Und hast du deshalb den Bumerang des Bösen geworfen?"

Der Mann verstand nicht, wovon Lilo sprach. „Meinst du den Bumerang, den ich euch vor die Füße geschleudert habe?" Die Knickerbocker nickten. Der Ureinwohner schwieg. „Wer seid ihr eigentlich? Wieso seid ihr gestern Nacht von der Farm weggelaufen?", fragte er dann. „Gehört ihr zur Hagman-Sippe?" Die Juniordetektive schüttelten den Kopf. „Wer seid ihr dann? Ihr sprecht Deutsch, also müsst ihr aus Europa kommen!"

Der junge Mann gab den vieren ein Zeichen, ihm zu folgen. Er begleitete sie zu den Höhlen, die Lilo als Ziel angepeilt hatte. „Hunger?", fragte er. Die vier antworteten mit einem gierigen „Jaaaa!". Der Mann sah sich um und verschwand für kurze Zeit. Seine Hände umschlossen etwas, als er zurückkam. Er streckte seine

Hände aus und wartete, bis er sich der Aufmerksamkeit der vier Freunde sicher war. Erst dann öffnete er sie.

„Wääääää!“, schrie Dominik angeekelt. In den Händen ringelten sich dicke Raupen.

„Greift zu, sie schmecken lecker!“, lud der Mann sie ein. „Später besorge ich euch noch Honigameisen. Die haben einen dicken Hinterleib, der rund und prall wie eine kleine Kugel ist. In ihm befindet sich ein köstlicher süßer Saft. Er schmeckt besser als Honig. Und zum Mittagessen jage ich einen Leguan und grille ihn.“

Axel presste die Hand auf den Magen. „Ich glaube ... ich verhungere lieber!“

Lilo verzog den Mund. Sollte sie tatsächlich nach einer dieser Raupen greifen? Sie waren gelblich und fett.

„He, aber wenn ihr wollt, könnt ihr auch Bohnen in Tomatensoße und Toast dazu haben!“, rief der Mann. Er verschwand in einer Höhle und kehrte mit einem vollen Rucksack zurück. „Habe ich alles mit! Nach zehn Jahren in Sydney ändert sich der Geschmack, und ich muss sagen, ich selbst bevorzuge heute auch andere Sachen.“

Erleichtert atmeten die Knickerbocker auf. „Übrigens, mein Name ist Matthew, und wie heißt ihr?“ Einer nach dem anderen stellte sich nun vor.

Matthew sammelte Holz für ein Lagerfeuer. Während er in einer kleinen Pfanne die Bohnen wärmte und an einem Holzspieß das Brot röstete, meinte er: „Und jetzt will ich endlich wissen, was ihr hier treibt und was ihr mit dem ‚Bumerang des Bösen‘ meint!“

Lilo und Axel erzählten abwechselnd, was sie in den vergangenen Tagen erlebt und entdeckt hatten.

„Ist ja interessant", sagte Matthew. „Dann habt ihr vielleicht eine Spur gefunden."

Die Juniordetektive horchten auf. „Eine Spur wohin?"

„Eine Spur zur Lösung für das Verschwinden meines Vaters, meiner Mutter, meiner beiden Schwestern und meines Großvaters!"

Ein gewagter Schritt

„Was soll das bedeuten?“, fragte Lieselotte.

Matthew begann zu berichten: „Herr Hagman ist ein gemeiner, mieser und hinterhältiger Kerl. Er hat sich das Land, auf dem sich seine Farm befindet, ergaunert. Wie, habe ich euch bereits geschildert. Als ich ihn durchschaut habe, wollte ich immer nur eines: Gerechtigkeit. Aus diesem Grund habe ich auch eine bessere Schule besucht. Aber es war gar nicht so einfach, aufgenommen zu werden. Doch was Matthew sich in den Kopf setzt, das schafft er auch. Ich musste von meiner Familie weg in ein Internat und habe die Schule mit ausgezeichnetem Erfolg abgeschlossen. Ich weiß, dass sich das für euch nach Streberei anhört. Für mich bedeutet dieser Erfolg allerdings viel!“

Axel erklärte dem Mann, dass er das verstehe. Es sei kein Verbrechen, in der Schule gut zu sein.

„Nach der Schule kam die Universität, und heute bin ich Rechtsanwalt. Vor einiger Zeit bin ich dann zu meinem Stamm zurückgekehrt, der heute eine halbe Tagesreise von hier entfernt lebt. Sie leben auf schlechtem, unfruchtbaren Land, das nicht ihnen gehört und das ihnen von einem neuen Grundherrn nur verpachtet worden ist. Aber das Schlimmste habe ich erst bei meiner Rückkehr erfahren. Meine Eltern, Geschwister und Großeltern waren weg. Sie sind vor sechs Monaten verschwunden. Spurlos. Es war ein Unglücksjahr für meine Leute. Alle erkrankten schwer. Sie geben einem Dämon die Schuld. Dr. Gordon hat meinem Stamm damals sehr geholfen und die Menschen geheilt, allerdings hat das lange gedauert und muss sehr schmerzhaft gewesen sein. Tja, aber meine Familie ist verschwunden."

Poppi meldete sich zum ersten Mal wieder zu Wort. „Daran ist bestimmt diese widerliche Gurke schuld, diese Susan!"

Matthew nickte. „Ich schließe mich deiner Meinung an. Die Leute vertrauen ihr, aber ich fürchte, dass sie betrogen worden sind. Dr. Gordon hat, kurz bevor die Krankheit ausbrach, etwas Seltsames getan. Sie bat die Männer um ihre Bumerangs. Angeblich um sie zu fotografieren. Sie hat sie mitgenommen und am nächsten Tag zurückgebracht. Kurz darauf brach die Krankheit aus. Ich vermute aber auch, dass Mr Hagman mit dem Schicksal meines Stammes zu tun hat. Aus diesem Grund habe ich immer wieder einen Bumerang mit unseren Stammeszeichen über seinem Haus eine Runde ziehen lassen. Manchmal habe ich ihn sogar durch geschlossene Fenster in ein Zimmer geschleudert. Ich wollte ihm zeigen, dass er noch nicht gewonnen hatte. Doch er hat nie reagiert. Deswegen habe ich auch Dr. Gordon einige Bumerangs vor die Füße geworfen. Auch sie hat nie etwas unternommen. Sie hat die Wurfhölzer aufgehoben und meistens mitgenommen."

„Und wieso hast du nie mit Arthur Hagman oder mit Dr. Gordon gesprochen?", fragte Axel.

Matthew verzog das Gesicht. „Arthur Hagman hat mich mit seiner Schrotflinte bedroht, als ich auf sein Haus zugegangen bin. Dr. Gordon hat mich ausgelacht, als ich ihr von meinen Vermutungen erzählt habe. Besonders schallend hat sie gelacht, als ich ihr vom Arzt unseres Stammes berichtet habe. Er kennt sich bei Kräutern und Heilpflanzen gut aus und war ratlos, als die Seuche zu wüten begann. Er hat mir mehrere Male gesagt, dass die Bumerangs der Männer plötzlich eine böse Ausstrahlung hätten. Er nannte sie ‚Bumerangs des Bösen'. Deshalb kennt Dr. Gordon auch den Ausdruck."

Lilo grübelte vor sich hin. Das passte schon eher zusammen. „Falls deine Eltern und Geschwister noch leben, befinden sie sich unter der Scheune. Im Bergwerk!"

Auch darüber konnte Matthew einiges erzählen. Es war tatsächlich nach Uran gesucht worden. Arthur war wild darauf gewesen, denn ein Fund hätte ihm viel Geld gebracht. Doch das Gestein hatte sich als taub erwiesen. Kein Uranerz, keine Opale – das sind Edelsteine –, nichts. Deshalb war das Bergwerk stillgelegt worden.

„Und du denkst … meine Eltern sind dort?"

Lieselotte nickte langsam. „Es ist mir da eine Idee gekommen … Auf jeden Fall liegt die Antwort in diesem Holzhaus, und wir müssen hinein."

„Aber wie?" Axel hob ratlos die Arme. „Wie denn, Lilo? Wir drehen wieder durch, wenn wir über den Zaun klettern. Ich habe keine Lust auf neuen Horror."

In der Ferne ertönte das Brummen eines Flugzeugmotors. „Das könnte Susan Gordon sein, die uns sucht!", schrie Dominik.

„Los, ab in die Höhle! Mich kann sie ruhig sehen!", rief Matthew und scheuchte die Knickerbocker fort. Seelenruhig setzte er sich dann neben dem Lagerfeuer hin und tat so, als würde er wie jeden Tag sein Frühstück zubereiten. Er warf einen flüchtigen Blick zum Himmel, wo tatsächlich das grüne Flugzeug der Ärztin vorüberzog. Matthew besaß sogar die Frechheit hinaufzuwinken. Als das Brummen des Motors verklungen war, meinte er: „Bleibt besser noch eine Weile in der Höhle. Die gibt nicht so schnell auf."

Er behielt Recht. In der nächsten Stunde tauchte die Maschine noch dreimal auf. Danach kehrte endgültig Ruhe ein.

„Und jetzt gehen wir zu dem Haus!", sagte Matthew.

„Aber wie kommen wir hinein?", fragte Axel.

„Das werden wir feststellen, wenn wir an Ort und Stelle sind. Gib die Suche nach einem Bumerang, der nicht zurückkehrt, nie auf! Er könnte etwas getroffen haben!"

Die Sonne brannte unerbittlich vom Himmel und die Temperatur stieg von Stunde zu Stunde. Die vier schwitzten und keuchten. Glücklicherweise hatte Matthew genug Wasser dabei. Am frühen Nachmittag hatten sie es dann geschafft. Sie erreichten die Baumgruppe, von der aus sie die Scheune beobachtet hatten. Das Gebäude lag unverändert vor ihnen. Das Windrad drehte sich, ohne zu quietschen, und die Sonnenkollektoren glänzten im Licht.

Lieselotte überlegte: „Das Windrad betreibt entweder eine Pumpe oder erzeugt Strom. Und es quietscht nicht. Das bedeutet, es wird gewartet und geölt. Aber der Spuk ... woher kommt der?"

Matthew wischte sich übers Gesicht und meinte: „Auf keinen Fall von irgendwelchen Dämonen. Es muss jemand etwas eingebaut haben, um ungebetene Gäste fern zu halten."

„Aber was … was? Ich sehe weder einen Projektor noch sonst etwas!“, rief Dominik. „Außerdem ist es für Projektionen hier viel zu hell!“

Lieselotte zwirbelte ihre Nase. „Es kann auch keine Projektion sein. Schließlich haben die Angstvisionen mit jedem Einzelnen von uns zu tun gehabt. Wir fürchten Waffen und haben große Angst vor dem Krieg. Unsere Ängste sind hier plötzlich zum Leben erwacht. Das heißt, es muss jemand etwas mit unseren Köpfen angestellt haben!“ Sie öffnete ihren Rucksack und kramte ein winziges Fernglas hervor. „Besonders klein, besonders stark. Heißt übrigens Adlerblick!“ Stück für Stück suchte sie die Scheune ab, aber ohne Erfolg. „Es muss irgendetwas …“, begann sie, als sie das Fernglas absetzte. „Halt … vielleicht hat der Spuk nichts mit dem Haus, sondern mit dem Gelände davor zu tun. Da gibt es einige Termitenhügel, die mir seltsam vorkommen. Normalerweise laufen sie spitz zusammen, diese aber haben eine Art Beule.“ Lilo stutzte, schaute noch einmal durchs Fernglas und wandte sich dann an Matthew: „He, jetzt zeig mal, wie gut du in der Schule warst!“

Lilo deutete auf einen der Termitenhügel und sagte: „Schau dir den einmal an! Der ist nicht echt. Oben ist etwas eingebaut. Eine Art Lautsprecher. Klein und eckig. Ich habe so ein Ding schon einmal gesehen, bei einem Popkonzert. Aber wieso bekommt man dadurch verrückte Vorstellungen?“

Es war nahe liegend, dass sich in den anderen Termitenbauten ebenfalls solche Lautsprecher befanden. Matthew studierte sie genau und dachte angestrengt nach.

„Ich bin kein Tontechniker“, sagte er schließlich. „Ich habe von solchen Sachen wenig Ahnung.“ Die Hoffnung der vier, eine Antwort zu finden, schrumpfte. „Aber ich kann mir etwas vorstellen … Passt auf! Es gibt Töne, die so tief sind, dass das menschliche Ohr sie kaum noch hören kann. Die Schallwellen dieser Töne sind lang gezogen und schwingen wie in Zeitlupe. Lilos Hinweis auf ein Popkonzert hat mich an etwas erinnert. Ich habe einmal gelesen, dass einige Popgruppen diese Töne bei ihren Konzerten einsetzten, um bei ihren Fans einen rauschartigen Zustand zu erzeugen. Versteht ihr, es ist so, als hätten sie Drogen genommen und würden in eine Traumwelt eintauchen. Allerdings können diese Töne noch mehr. Sie verursachen manchen Leuten Herzprobleme und sind einfach ungeheuer schädlich. Deshalb wurde dieser Unsinn auch verboten.“

„Wir bekamen also durch die Töne Angst, weil wir in

der Scheune etwas Böses, Kriminelles vermuteten", setzte Dominik Matthews Gedanken fort.

„Fragt sich nur, wie wir dieses Zeug austricksen!", sagte Lieselotte. „Jedenfalls muss einer von uns über den Zaun klettern und die Lautsprecher zerstören. Bestimmt sind die Kabel nur mit etwas Erde bedeckt und man kann sie leicht herausreißen."

Axel bot sich für diese Aufgabe an. „Ich mache das. Ich kann am schnellsten klettern und laufen, und das ist in diesem Fall nicht gerade unwichtig."

Die anderen suchten nun alle Dinge zusammen, mit denen man ihm die Ohren schützen konnte. „Ich habe da etwas!", meldete Poppi und zog ihren Pulli aus dem Rucksack. Sie drehte ihn um und zeigte auf kleine Schulterpolster, die mit nur wenigen Stichen befestigt waren. Wie zwei Kopfhörerschalen passten sie genau über Axels Ohren und wurden mit Heftpflaster befestigt.

Der Knickerbocker verabschiedete sich per Handzeichen und der Rest der Bande zog sich zurück. Es war zu befürchten, dass die Töne auch in einem größeren Umkreis ihre Wirkung zeigten.

Mit angehaltenem Atem beobachteten die drei, wie Axel über den Zaun kletterte und sich auf der anderen Seite hinunterfallen ließ. Obwohl sie mindestens 50 Meter von der Scheune entfernt waren, bemerkten die Juniordetektive, dass eine Veränderung mit ihnen vorging. Eine unbestimmte Furcht packte sie und ließ sie nicht los. Axel machte sich an den Termitenbauten zu schaffen und riss an den Kabeln, die – wie Lilo richtig vermutet hatte – nur recht oberflächlich vergraben waren. Sofort, als er den dritten Lautsprecher außer Betrieb gesetzt hatte, verschwand auch das Angstgefühl. Die Töne waren verstummt.

Lilo, Poppi und Dominik sprangen in die Luft und winkten. Axel konnte aufhören. Sie liefen zum Zaun und kletterten darüber. Erst als sie auf der anderen Seite hinuntersprangen, entdeckte Dominik etwas. „Seht nur … da! Die Stromzuleitung ist wieder angeschlossen worden. Das bedeutet, der Zaun kann unter Strom gesetzt werden. Zum Glück ist er es heute nicht!"

Lilo zog ihn weiter. „Vergiss es", sagte sie und stürmte auf die Scheune zu. „Axel, gut gemacht!", lobte sie ihren Freund, der sich von den Ohrenschützern befreite.

Die fünf standen vor einer zugenagelten Tür und sahen sich nach einer Stange um, die sie als Brecheisen verwenden konnten. „Wir müssen die Bretter abheben!", sagte Lilo.

Matthew kratzte sich nachdenklich am Kinn. „Wozu?" Er zeigte auf die Scharniere an der Seite und packte den gegenüberliegenden Rand der Bretterwand. Er riss daran, und die Tür sprang tatsächlich auf.

Warme, muffige Luft schlug ihnen entgegen. Im Inneren der Scheune war es seltsam hell. Da alle Fenster verschlossen waren, hätte es eigentlich dunkel sein müssen. Doch durch Löcher im Dach fielen einzelne Lichtstrahlen. Jetzt konnten die Knickerbocker sehen, dass es sich um den Eingang in das Bergwerk handelte. Schienen führten in die Tiefe. Auf ihnen standen ein Bergwerksfahrzeug, das wie eine Mini-Lokomotive aussah, und mehrere abgekoppelte Förderwägen.

„Seht nur … da ist eine Art Ladegerät! Das Windrad

erzeugt Strom, und damit wird die Batterie dieses Fahrzeugs geladen!“, rief Lieselotte.

„Das bedeutet, dass sich da unten etwas befindet, zu dem jemand immer wieder hinabfährt!“, meinte Dominik.

Lilo nickte. „Außerdem sind da noch Stromkabel, die nach unten führen. Die Sonnenzellen auf dem Dach erzeugen ebenfalls Strom. Dort unten im Bergwerk brennt wahrscheinlich Licht!“

„Wir müssen hinunter, wenn wir mehr erfahren wollen!“, sagte Poppi.

Sie bestiegen die Plattform der kleinen Lok, und Axel begutachtete den Führerstand. Schwierig war es nicht das Ding zu fahren. Erstens musste es ohnehin dem Strang der Schienen folgen, und zweitens gab es bei der Fahrt nach unten eine einzige Aufgabe: Man musste bremsen. „Setzt euch besser, es könnten Kurven kommen!“, riet Lilo. Matthew, Dominik und Poppi folgten ihrer Aufforderung. Axel entdeckte einen Startknopf am Armaturenbrett und drückte ihn. Leise brummend sprang ein Elektromotor an.

„Warum brauchen wir den auch beim Hinunterfahren?“, fragte Dominik.

„Weil er mit der Bremse zu tun hat!“, erklärte Axel.

„Bitte fest halten, die Fahrt beginnt!“, verkündete Lieselotte wie eine Zugführerin. Axel und sie waren unvorsichtig und übermütig geworden und schenkten dem kleinen Armaturenbrett keinen Blick. Sie übersahen daher eine Anzeige, die den Ladezustand der Batterie bekannt gab. Der Zeiger stand fast auf null.

„Auf geht’s!“, rief Axel und löste die Bremse. Das gelb lackierte Fahrzeug setzte sich in Bewegung. Ein

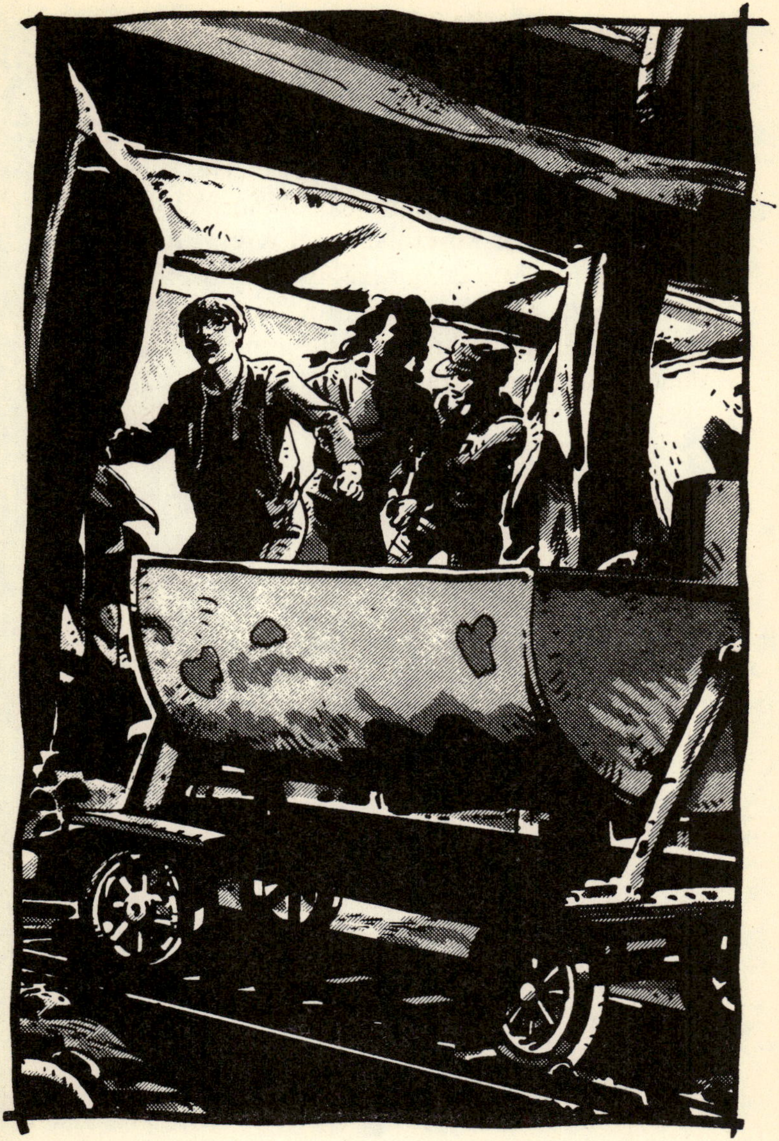

kleiner Scheinwerfer, der vorne angebracht war, leuchtete in einen niederen, engen Stollen, der ziemlich steil nach unten führte.

Die Lok wurde schneller und schneller. Immer fester musste Axel den Bremsgriff ziehen. „He, langsamer!“, kam Poppis Stimme von hinten. „Keine Aufregung, wir haben alles unter Kontrolle!“, rief Axel zurück.

Auf einmal erlosch der kleine Scheinwerfer und der Motor setzte aus. Im selben Moment versagte auch die Bremse und das Fahrzeug raste immer schneller werdend in die Dunkelheit hinab.

Wiedersehen macht nicht nur Freude

Die kleine Lok holperte und ratterte über die Schienen. Die Knickerbocker schrien vor Angst, und Matthew brüllte: „Haltet euch fest!“ Dominik und Poppi, die mit Matthew auf der Transportfläche hockten, hatten es leichter. Sie streckten sich flach aus und umklammerten die Ränder der Plattform.

Für Axel und Lieselotte war es schwieriger. Sie befanden sich auf dem Führerstand und wurden wild durchgeschüttelt. Es war für sie kaum noch möglich, sich auf den Beinen zu halten.

„Runter!“, rief Lieselotte durch das Dröhnen. Axel und sie ließen die Knie einknicken und hockten nun auf der schmalen Stehfläche. So gut sie konnten, hielten sie sich an den Hebeln fest.

Schneller, immer schneller wurde die Höllenfahrt. Am schlimmsten war die absolute Dunkelheit, die sie nicht sehen ließ, ob eine Kurve kam. Die Luft wurde deutlich kühler, die metallenen Räder quietschten und ächzten. Immer heftiger wurden die Stöße, immer schlimmer das Gerüttel. Das Fahrzeug drohte auseinander zu brechen. Die Knickerbocker-Bande brüllte aus Leibeskräften, als ob das helfen würde, das Gefährt zu bremsen.

Als eine besonders steile Stelle kam, spürte Lilo, wie es ihr den Magen umdrehte. „Es ist aus!“, kreischte Axel in den Lärm. Das Gefährt kippte leicht und fuhr plötzlich fast waagrecht dahin. Die Luft pfiff den Juniordetektiven um die Ohren. Jeden Moment konnte ein abermaliger Knick der Strecke eine neue Schreckensfahrt einleiten.

Mehrere Sekunden lang raste das Fahrzeug auf ebener Strecke dahin. Danach folgte die nächste steile Strecke, diesmal aber nicht bergab, sondern bergauf. Das Fahrzeug schien genug Schwung zu haben, um den Anstieg zu bewältigen. Die Bande hatte Glück im Unglück. Die Lok schaffte es nicht bis zum Scheitelpunkt, sondern rollte aus und blieb für einen Augenblick stehen. Sofort setzte sich das Gefährt nach rückwärts in Bewegung und erreichte bald wieder die lange Gerade, auf der es nun endgültig zum Stillstand kam.

„Ist jemandem etwas passiert?“, fragte Matthew.

Die Knickerbocker erhoben sich schnaufend und hustend und wischten sich Staub und Dreck aus den Augen. Zwischen ihren Zähnen knirschte der Sand und ihre Klamotten hatten einige Risse abbekommen. Verletzt war niemand.

„Habt ihr die Rucksäcke noch?“, fragte Lieselotte.

Dominiks Rucksack war verloren gegangen. Die anderen waren noch da. Poppi, Lilo und Axel holten die Taschenlampen heraus und knipsten sie an. Die fünf Abenteurer befanden sich in einem grob gehauenen, gut abgestützten Bergwerksstollen. Vor ihnen lag die Steigung, die das Fahrzeug zu ihrem Glück nicht bewältigt hatte.

„Ich glaube, die Batterie war nicht gut genug geladen“, sagte Lieselotte.

Matthew nickte. „Ja, das glaube ich auch. Aber was machen wir jetzt? Wollt ihr weitergehen? Oder drehen wir um?“

Lilo tippte ihm an die Stirn. „Spinnst du? Jetzt geben

wir doch nicht auf! Dass die Batterie der Lok leer ist, bedeutet wahrscheinlich, dass erst vor kurzem jemand mit dem Ding gefahren ist!“

Die Bande und ihr neuer Freund erklommen die Steigung und gingen den Schienenstrang entlang weiter. Nach einigen Minuten hatten sie das Ende des Stollens erreicht und standen vor einer Absperrung. Ein Gitter aus Stahl reichte vom Boden bis zur Decke.

„Da ist eine Tür im Gitter!“, sagte Axel. Poppi entdeckte einen Nagel, an dem zwei Schlüssel hingen. Sie passten!

Sachte zogen die Knickerbocker die Tür auf. Dahinter befand sich ein Raum, in dem ein schwaches bläuliches Licht brannte. Ein übler Geruch stieg ihnen in die Nase. Sie streckten die Köpfe durch die Tür und fuhren zurück.

„Was ist?“, fragte Matthew. Er schob sich zwischen Axel und Lieselotte durch und betrat den Raum. „Oh mein Gott!“, stöhnte er. „Papa ... Mama ...!“

Auf zerschlissenen Matratzen, abgemagert und schwach, lagen fünf Aborigines. Ein seltsamer gelblicher Ausschlag überzog ihre Haut. Die Gefangenen erkannten sofort, wer zu ihnen gekommen war, und streckten Matthew hilfeheischend ihre dünnen Arme entgegen. Sie begannen zu weinen und versuchten sich aufzurichten, was ihnen kaum gelang.

„Das ... das ist ja schlimmer als der ärgste Kerker. Warum hat Dr. Gordon das nur getan?“, fragte Dominik.

Matthew redete mit ruhiger Stimme auf seine Familie ein. Dann trat er zu den Knickerbockern. „Dr. Gordon hält sie hier gefangen. Sie hat ... sie hat Experimente mit dem ganzen Stamm durchgeführt. Die Bumerangs waren alle vergiftet, als sie sie zurückbrachte. Mit Bakterien verseucht, die diese Verbrecherin an ihnen testen wollte."

Matthew hatte Tränen in den Augen. „An meiner Familie wollte sie feststellen, was die Bakterien über längere Zeit hin anrichten. Sie hat einfach menschliche Versuchskaninchen gebraucht."

Dominik konnte sich den Grund vorstellen. „Das bringt Geld, viel Geld. Ich bin sicher, es gibt große Waffenfirmen, die Millionen dafür zahlen."

Matthew hob drohend die Faust. „Das wird sie büßen!"

Lilo legte ihm die Hand auf den Arm. „Vergiss deine Rache und beruhige dich, wir müssen zunächst deine Eltern und Geschwister hier rausbringen und in ein Krankenhaus schaffen. Die wichtigste Frage ist: wie sollen wir Hilfe holen?"

Matthew hatte eine Idee. „Ganz einfach. Wir gehen jetzt zur Hagman-Farm, und falls dieser Arthur Hagman nicht alles tut, was ich von ihm verlange, dann kann er sein Testament schreiben."

Gemeinsam mit Matthew folgte die Knickerbocker-Bande den Schienen nach oben. Über eine halbe Stunde dauerte die Kletterpartie, bei der sie sich Hände und Füße abschürften und zahlreiche Schrammen im Gesicht abbekamen. Endlich hatten sie es geschafft und standen wieder in dem Holzhaus.

Matthew warf noch einen verzweifelten Blick zurück in den Stollen, bevor er sagte: „Los … raus da! Bevor ich noch durchdrehe!"

Sie marschierten auf das Tor zu und hatten nur noch

ein Ziel: die Farm. Als sie die Holztür aufstießen, sprangen Poppi und Lieselotte zurück und warfen sich zu Boden.

Draußen stand Dr. Gordon gegen den Zaun gelehnt. Sie hielt eine Maschinenpistole auf den Eingang der Scheune gerichtet.

Man kann sich auch täuschen

„Kommt raus, mit erhobenen Händen!“, schrie sie, und ihre Stimme überschlug sich vor Wut. „Ich wusste, dass ich euch hier finde. Ihr verdammten Schnüffler könnt ja nicht die Finger von Sachen lassen, die euch nichts angehen!“

Auch Axel, Dominik und Matthew waren hastig zur Seite gewichen und pressten sich links und rechts der Tür auf den Boden.

„Raus, habe ich gesagt! Wird’s bald, oder muss ich euch Beine machen?“ Die Ärztin schrie immer schriller und lauter.

„Was … was jetzt?“, fragte Lilo die anderen. Ihr Superhirn versagte beim Anblick dieser Waffe.

Matthew deutete den vier Freunden, weiter von der Tür wegzurutschen. „So weit kann sie nicht hereinschießen!“, sagte er.

„Wo bleibt ihr? So eine Drecksbande!“, kreischte Dr. Gordon.

„Die dreht bald durch“, stellte Axel fest.

„So lange können wir nicht warten. Wir müssen jetzt handeln“, sagte Lieselotte.

„Ich zähle bis zehn. Wenn ihr dann nicht alle den Schuppen verlassen habt, mähe ich euch nieder. Das Ding in meiner Hand ist geladen und scharf. Ein Brett durchschlagen die Kugeln wie ein Blatt Papier. Noch weitere Informationen gewünscht?“

Axel lag rechts, schon fast an der Außenwand, und zitterte am ganzen Körper. „Zehn … neun …!“, begann

Susan Gordon mit dem Countdown. Die Knickerbocker blickten einander ratlos an.

„Nach hinten!“, kommandierte Matthew. „Aber so leise wie möglich.“

Poppi und Dominik erhoben sich und krochen im Rückwärtsgang in den hinteren Teil des Hauses.

„In den Stollen zurück!“, sagte Matthew.

Lieselotte winkte ab. „Nein, das kann zur Falle werden!“ Sie selbst hatte sich ein großes Stück vom Eingang entfernt und blickte sich verzweifelt nach Hilfe um.

„Ich bin bereits bei fünf!“, drohte Dr. Gordon.

„Axel ... komm nach hinten!“, zischte Lieselotte, als sie bemerkte, dass ihr Freund noch immer nur einen Meter von der Tür entfernt hockte. „Axel ... beweg dich!“

„Ich bin bei drei!“

Axel rührte sich noch immer nicht vom Fleck, sondern starrte auf einen Schalter, der sich über ihm befand. Er machte immer wieder Anstalten, aufzustehen und ihn zu drücken, aber traute sich dann doch nicht, weil er Angst hatte, Dr. Gordon könnte die Bewegung mitbekommen.

„Zwei!

„Axel ... du Wahnsinniger!“, rief Lieselotte.

Plötzlich, völlig unerwartet und schnell wie ein Klappmesser, federte der Junge in die Höhe und schlug mit der flachen Hand auf den Schalter. In der nächsten Sekunde ertönte draußen ein lauter gurgelnder Schrei. Ihm folgte ein harter Aufprall und das Klirren der Waffe, die auf dem Boden gelandet war.

„Was ... was hast du getan?“, fragte Matthew.

Axel hob den Kopf und antwortete tonlos: „Den elektrischen Zaun eingeschaltet!"

Ein Stromstoß hatte Dr. Gordon, die am Zaun gelehnt hatte, niedergestreckt. Matthew rannte hinaus und nahm die Waffe an sich. Mit Hilfe der Bande fesselte er die Ärztin und zerrte sie in das Holzhaus. „Ich nehme so etwas normalerweise nie in die Hand, aber heute werden wir es brauchen, um das zu bekommen, was wir wollen", sagte er. „Los, zur Farm!"

Axel schaltete den Elektrozaun wieder aus, und die Bande verließ mit Matthew das Gelände des alten Bergwerks. Sie stolperten in Richtung Hagman-Farm. Dort erwartete sie das letzte Hindernis.

„Der Jeep … da kommt jemand!", schrie Poppi.

Die Sonne spiegelte sich in der Windschutzscheibe, sodass es den Freunden unmöglich war zu erkennen, wer hinter dem Steuer saß. Matthew hob die Waffe und richtete sie auf die Reifen des Wagens. Augenblicklich hielt der Jeep. Für einige Augenblicke tat sich gar nichts.

„Wenn keiner aussteigt, knall ich in die Räder!", sagte Matthew.

Plötzlich flammten die Scheinwerfer auf. Sie blinkten. Dreimal lang, zweimal kurz und noch einmal lang!

„Das ist Margaret! Das ist das vereinbarte Zeichen!", jubelten die Knickerbocker.

Matthew ließ die Waffe sinken und die Wagentür öffnete sich. Margaret kletterte ins Freie und winkte den Knickerbockern zu. „Hallo, Kinder, endlich habe ich euch gefunden! Aber … wer … wer ist der Mann? Was will er … mit der Waffe?"

„Das ist Matthew. Er … das erzählen wir dir später –,

aber jetzt musst du sofort um Hilfe funken! Arthur ist ein Gauner!“, rief Lieselotte. „Aber wahrscheinlich weißt du das!“

Margaret schüttelte heftig den Kopf. „Wovon redest du? Sag dem Mann, er soll die Waffe wegwerfen, sonst fahre ich wieder! Er hat euch sicherlich Lügen erzählt. Los! Ich lasse mich nicht bedrohen!“

Lilo drehte sich zu Matthew um und sagte: „Komm, du kannst die Knarre wegwerfen. Margaret ist unsere Freundin. Außerdem ist sie mit Axels Mutter in die Schule gegangen. Die tut uns nichts. Sie weiß nicht, was da Schreckliches vor sich geht.“

Matthew zögerte. „Bist du sicher?“

Lilo nickte und Matthew ließ die Maschinenpistole fallen.

„Jetzt könnt ihr kommen!“, sagte die Frau sichtlich erleichtert. Sie lächelte freundlich und winkte. Die vier liefen auf sie zu und Margaret streckte die Arme nach ihnen aus. Matthew hielt sich etwas seitlich und blieb auf Distanz.

Er hatte es geahnt. Als Axel, Lilo, Poppi und Dominik noch ungefähr fünf Schritte von Margaret entfernt waren und sich bereits darauf freuten, in ihre schützenden Arme zu fallen, griff diese hinter sich und hielt plötzlich eine Pistole in den Händen. Sie richtete sie auf die Bande, und schlagartig veränderte sich ihr Gesicht. Die Güte war kalter Entschlossenheit gewichen. „Stehen bleiben und Hände hoch!“, befahl sie.

Lieselotte drehte sich um und sah sich nach der Maschinenpistole um, die Matthew weggeworfen hatte. Sie war viel zu weit entfernt. „Die nützt euch nichts mehr!“, rief die Frau.

„Aber … Margaret, steckst du mit Dr. Gordon unter einer Decke?“, fragte Axel fassungslos.

„Nein, das nicht, aber glaubst du, ich habe Lust, für ewig hier in der Wildnis zu verschimmeln? Mein Mann hat mir alles Geld, das ich besessen habe, abgenommen für dieses verdammte Bergwerk, das eine Riesenpleite war. Wir wollten in die Stadt ziehen und uns eine Villa am Meer kaufen. Und dann das! Nichts ist uns geblieben bis auf die Farm und das Vieh. Zum Glück ist dann Susan aufgetaucht, die mir von ihren Plänen erzählte. Arthur, der Trottel, hat keine Ahnung. Er glaubt, er hat das Bergwerk an irgendeinen Spinner verpachtet, unter der Bedingung, dass keiner in die Nähe kommt. Susan und ich haben die Sache in die Hand genommen und in zwei Wochen wären die Versuche abgeschlossen gewesen. Dann hätte es endlich Kohle gegeben und ich hätte mit Sara diese Wildnis verlassen können. Für immer!“

„Sie war also in alles eingeweiht. Und den angeblichen Aborigines-Überfall habt ihr vorgetäuscht!“, sagte Lieselotte mit ruhiger Stimme. Sie musste Margaret jetzt ablenken. Die Frau bemerkte nicht, dass sich Lilo, während sie mit ihr sprach, Stück für Stück zur Seite bewegte. Ihren Freunden war das gleich aufgefallen und sie machten es ihr nach.

„Und als das Gaspedal im Jeep hängen blieb, bist du wahrscheinlich draufgestanden!“, vermutete Lieselotte.

„Na und? Ich wollte euch doch nur einen Schreck einjagen, damit ihr mit dem Herumschnüffeln aufhört, aber ihr wart ja wieder schlauer. Und deine verdammte Mutter, Axel, ist eine alte Nervensäge, die mich ununterbrochen bedrängt hat euch aufzunehmen!“, schrie die Frau völlig entnervt. „Nur deshalb habe ich zugestimmt! Hätte ich es nur nie getan!"

Aus den Augenwinkeln sah Lieselotte eine Bewegung, auf die sie schon lange gewartet hatte. Jetzt durfte nichts schief gehen, sonst waren sie verloren.

„He ... !" Margaret hatte die Bewegung auch mitbekommen und wandte sich Matthew zu, der abseits stand.

Und jetzt?

Matthew hatte bereits ausgeholt und schleuderte den Bumerang mit aller Kraft. Fast gleichzeitig löste sich ein Schuss. Matthew krachte auf den Boden. Der Bumerang traf Margarets Hände, sie ließ die Waffe fallen und krümmte sich vor Schmerz. Dominik packte die Pistole und schleuderte sie weg.

Das alles dauerte nur zwei Sekunden, und danach trat absolute Stille ein. „Matthew … bist du verletzt?“, rief Lieselotte.

Der Mann richtete sich auf und hielt sich die Schulter. „Nein … ich habe mir nur die Schulter geprellt…“, stieß er zwischen den Zähnen hervor. „Sie hat mich nicht getroffen!“

Arthur Hagman rannte von der Farm auf sie zu. Ihn erwarteten schlimme Enthüllungen.

Zwei Wochen später, als die Knickerbocker längst wieder heimgekehrt waren, erhielten sie einen Anruf von Matthew. „Ich wollte euch nur sagen, dass meine Familie wieder gesund werden wird. Es wird lange, sehr lange dauern, haben die Ärzte gesagt. Aber sie können sie heilen!“

Lieselotte hatte Tränen in den Augen. „Matthew, wir freuen uns für dich!“

„Dr. Gordon und Frau Hagman sind bereits im Gefängnis und Sara kommt in ein Heim. Sie ist völlig durchgedreht. Ihre Mutter hat ihr die ganze Zeit von einer besseren Zukunft erzählt und sie in alle schreck-

lichen Geheimnisse eingeweiht, was die Kleine seelisch nicht ertragen konnte. Aber ich hoffe, dass sie wieder zu sich finden wird. Ihr Vater will ihr auf jeden Fall helfen. Für ihn ist alles am schlimmsten. Deshalb werde ich … also ich habe beschlossen, ihm zu helfen, wenn er meinen Leuten ihr Land zurückgibt. Er muss nicht ins Gefängnis wegen des Betrugs, aber er soll das Unrecht wieder gutmachen. Wir werden ihn nicht ins Verderben stürzen!"

„Echt Spitzenklasse", sagte Lilo.

„Ich wollte euch noch danken. Ich bin sehr froh, dass ihr so neugierig gewesen seid!", lobte Matthew die Knickerbocker-Bande. „Und wenn ihr wieder einmal nach Australien kommt, werde ich euch gerne empfangen!"

Lilo nahm die Einladung im Namen ihrer Freunde gerne an, aber sie hatte das Gefühl, dass es noch eine Weile dauern würde, bis sie dem fünften Kontinent wieder einen Besuch abstatten würden. Das nächste Abenteuer sollte die Knickerbocker-Bande jedenfalls nach Indien führen. Die Einladung war schon ausgesprochen …*

---

*Siehe: Knickerbocker-Abenteuer Nr. 32: „Kennwort Giftkralle".

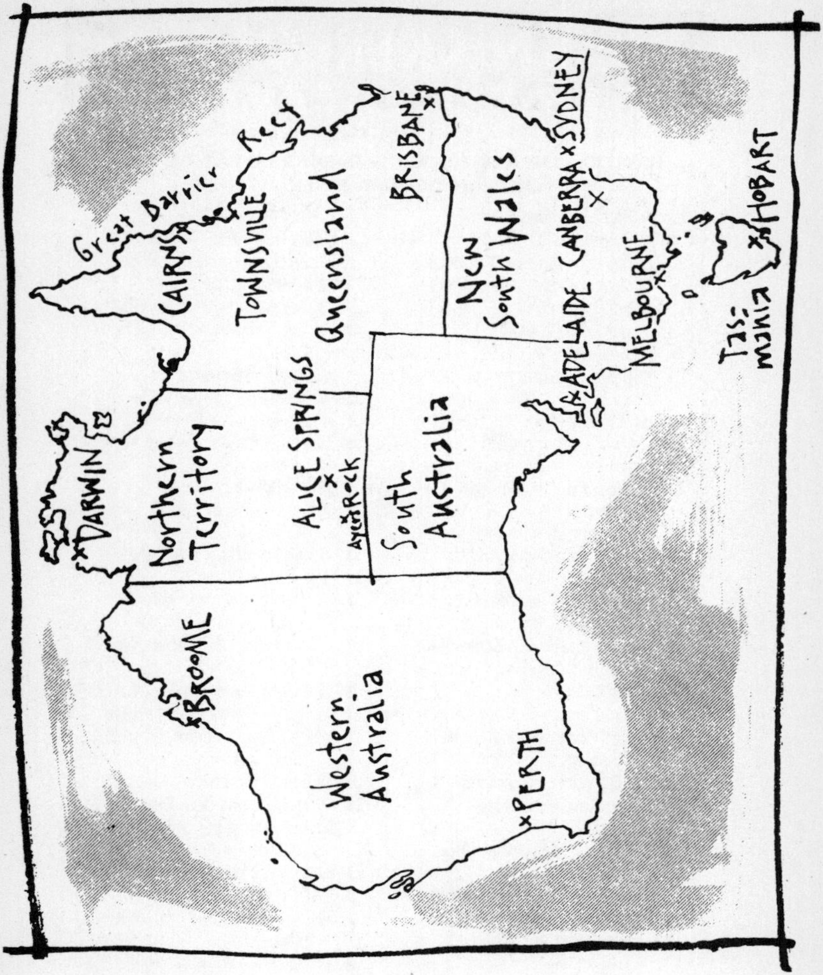

Karte von Australien

DIE KNICKERBOCKER-BANDEN-CHECKLISTE

KREUZE EINFACH DIE KNICKERBOCKER-BÄNDE AN, DIE SCHON IN DEINEM REGAL STEHEN.

- ❑ 1 Rätsel um das Schneemonster
- ❑ 2 Ein Ufo namens Amadeus
- ❑ 3 Lindwurmspuk vor Mitternacht
- ❑ 4 Wenn die Turmuhr 13 schlägt
- ❑ 5 Bodenseepiraten auf der Spur
- ❑ 6 Das Phantom der Schule
- ❑ 7 Die Tonne mit dem Totenkopf
- ❑ 8 Wo ist der Millionenstorch?
- ❑ 9 Treffpunkt Schauermühle
- ❑ 10 Der Fluch des Schwarzen Ritters
- ❑ 11 Die Nacht der Weißwurst-Vampire
- ❑ 12 Schokolade des Schreckens
- ❑ 13 Der Ruf des Gruselkuckucks
- ❑ 14 Jagd auf den Hafenhai
- ❑ 15 Das Zombie-Schwert des Sultans
- ❑ 16 SOS vom Geisterschiff
- ❑ 17 Die Rache der Roten Mumie
- ❑ 18 Kolumbus und die Killerkarpfen
- ❑ 19 Die Gruft des Barons Pizza
- ❑ 20 Insel der Ungeheuer
- ❑ 21 Frankensteins Wolkenkratzer
- ❑ 22 Der tätowierte Elefant
- ❑ 23 Die Drachen-Dschunke
- ❑ 24 Der weiße Gorilla
- ❑ 25 Der Grüne Glöckner
- ❑ 26 Im Dschungel verschollen
- ❑ 27 Im Tal der Donnerechsen
- ❑ 28 Titanic, bitte melden!
- ❑ 29 Der Eiskalte Troll
- ❑ 30 Im Reich des Geisterzaren
- ❑ 31 Der Bumerang des Bösen
- ❑ 32 Kennwort Giftkralle
- ❑ 33 Das Riff der Teufelsrochen
- ❑ 34 Das Geheimnis der gelben Kapuzen
- ❑ 35 Der Geisterreiter
- ❑ 36 Im Wald der Werwölfe
- ❑ 37 Die giftgelbe Geige
- ❑ 38 Das Haus der Höllensalamander
- ❑ 39 Das Biest im Moor
- ❑ 40 Die Maske mit den glühenden Augen
- ❑ 41 Die Hand aus der Tiefe
- ❑ 42 13 blaue Katzen
- ❑ 43 Die Rote Mumie kehrt zurück
- ❑ 44 Die Höhle der Säbelzahntiger
- ❑ 45 Der Mann ohne Gesicht
- ❑ 46 Hinter der verbotenen Tür
- ❑ 47 Das Phantom der Schule spukt weiter
- ❑ 48 Der unsichtbare Spieler
- ❑ 49 Es kam aus dem Eis
- ❑ 50 Der Schrei der goldenen Schlange
- ❑ 51 Der Schatz der letzten Drachen
- ❑ 52 Das Wesen aus der Teufelsschlucht
- ❑ 53 Das Diamantengesicht
- ❑ 54 Das Gold des Grafen Drakul
- ❑ 55 Der Taucher mit den Schlangenaugen

DIE KNICKERBOCKER-BANDE

DIE KNICKERBOCKER BANDE
DIE KNICKERBOCKER BANDE
als Hörspielserie!
2 Thomas Brezina TITANIC, BITTE MELDEN!
3 Thomas Brezina DER UNSICHTBARE SPIELER
4 Thomas Brezina DAS GEHEIMNIS DER GOLDENEN SCHLANGE
1 Thomas Brezina DER SCHATZ DER LETZTEN DRACHEN
Ravensburger
Die spannendsten Abenteuer der Knickerbocker-Bande an den aufregendsten Plätzen der Erde.
Jetzt in einer neuen Dimension.
Spannung pur auf CD oder MC.
Ravensburger

Thomas Brezina

Die Knickerbocker Bande®

Ratekrimis

Jede Menge spannende Fälle

für alle Hobby- oder Meisterdetektive und Super-Knickerbocker gibt es in den Ratekrimis von Thomas Brezina:

- ❑ **Band 1** Gift für den Killerwal
- ❑ **Band 2** Wenn der Wolfsmann heult
- ❑ **Band 3** Die Gänsehaut-Orgel
- ❑ **Band 4** Pferdehof in Gefahr
- ❑ **Band 5** Die Geisterkatze zeigt die Krallen
- ❑ **Band 6** Unternehmen Wüstenwurm
- ❑ **Band 7** Es tanzen die Vampire
- ❑ **Band 8** Raub beim Ritterfest
- ❑ **Band 9** Schloss Schauerlich
- ❑ **Band 10** Der Schatz am Meeresgrund

THOMAS BREZINA

SIEBEN PFOTEN FÜR PENNY

Band 1:	Was ist schon ein Hundeleben?
Band 2:	Sturmwind darf nicht sterben
Band 3:	Freiheit für Flipper II
Band 4:	Lasst den Bären leben!
Band 5:	Vorsicht Fallensteller
Band 6:	Rettet den Ponyhof!
Band 7:	Schluss mit Tierversuchen!
Band 8:	Ronny, das Robbenbaby
Band 9:	Ein Schwein zum Knutschen
Band 10:	Gefährlicher Frühling
Band 11:	Ein Pferd im Badezimmer
Band 12:	Drei Welpen und ein Baby
Band 13:	So ein Affenzirkus!
Band 14:	Falsche Freunde!
Band 15:	Eine Party für den Wal
Band 16:	Eine Katze namens Mozart
Band 17:	Das verschwundene Tagebuch
Band 18:	Eine coole Kuh
Band 19:	Mein Freund, der Wolf
Band 20:	Gorilla mit Geheimnis
Band 21:	Fohlen-Frühling
Band 22:	Brüder und andere Katastrophen
Band 23:	Vier ausgeflippte Pinguine
Band 24:	Löwenstarke Freundinnen
Band 25:	Hilfe, meine Familie spinnt!

Penny-Sonderbände:

Ein Pferd fürs Leben

Wilde Weihnachten

Auflösung von Seite 10:

Als die vier den Zeichenwettbewerb einer Lederhosenfirma gewannen und einander bei der Preisverleihung kennen lernten.